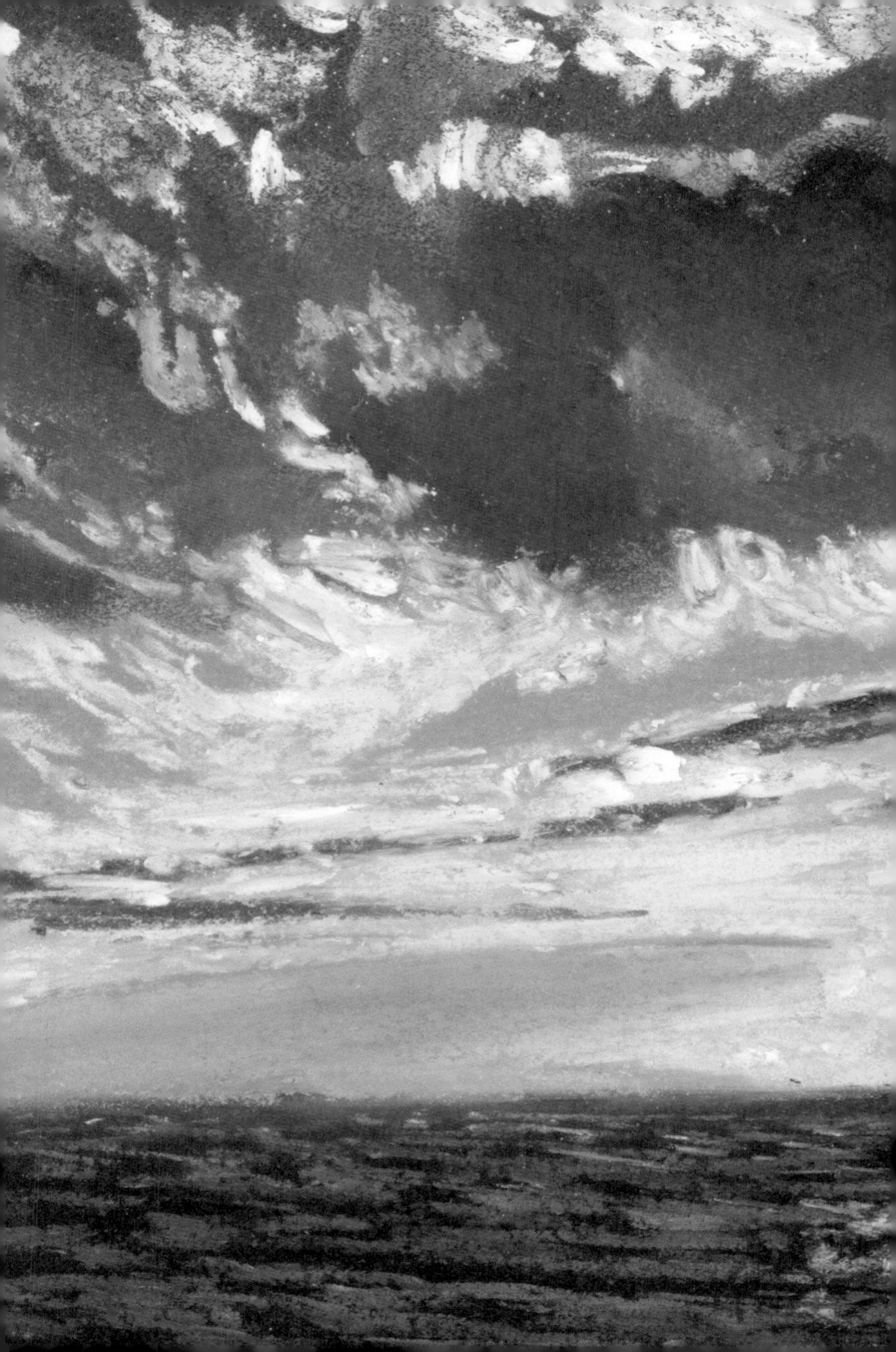

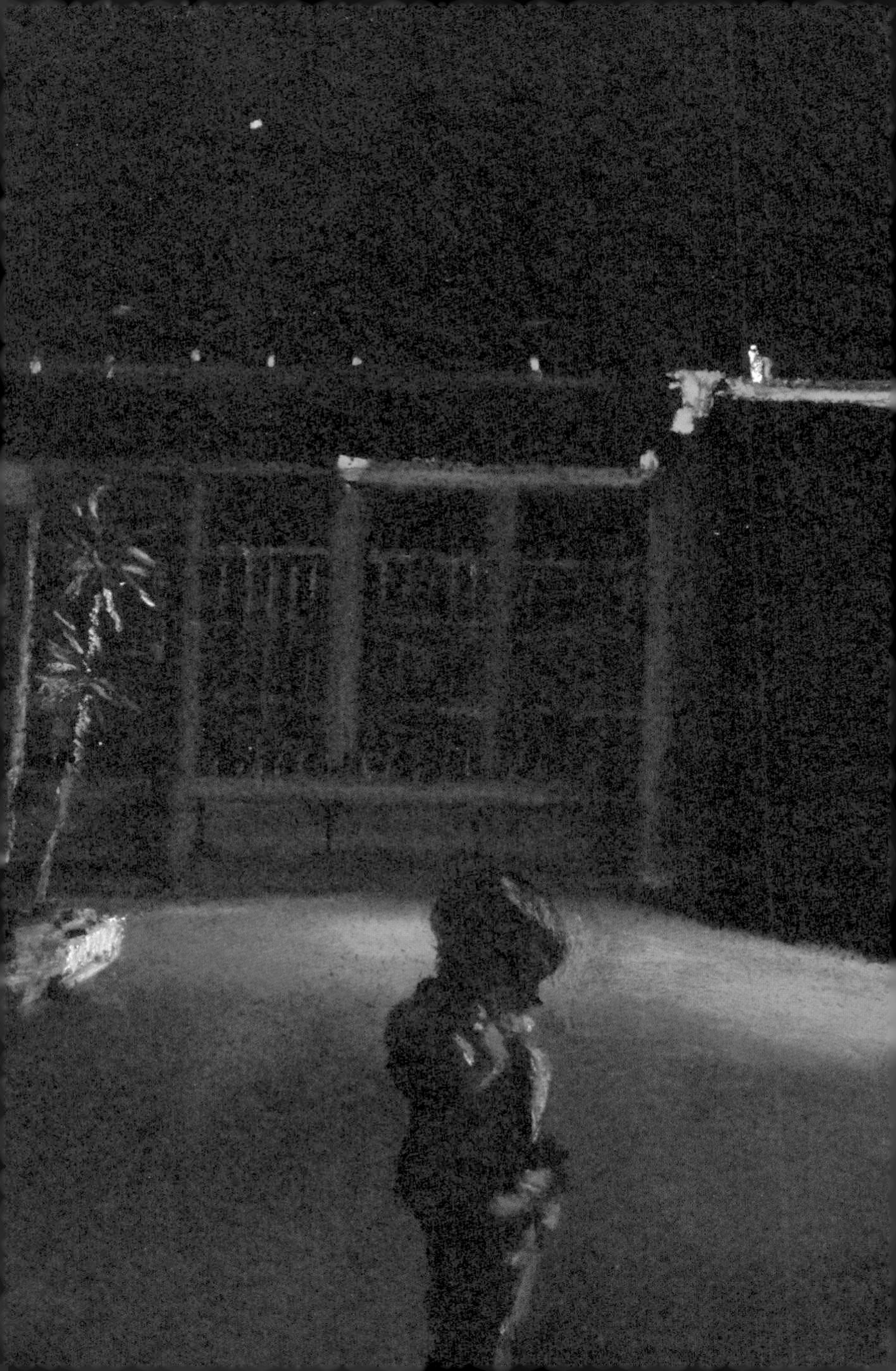

坂口恭平 画・文

土になる

文藝春秋

デザイン　中川真吾
装画　坂口恭平

1

まだ畑1ヶ月目の初心者だけど、畝の裾野を見て、その畝の表面ではなく、中の湿り具合が頭に浮かぶというか、会話するというか水が欲しいのか欲しくないのかが感じられるようになった。つまり新しい言語獲得中であるような気がする。言語を覚えたての感じがある。人間以外との対話がうまくなってきてる。

土の表面を歩く、虫が僕と目が合う感じがする。目が合うとすぐに逃げているような気がする。あ、あいつがまた来た、と言っているような気がする。土は喜んでくれてる気がする。かと言って虫も僕が天敵だとは思っていない気がする。僕に殺意がないのは感じ取っているような気がする。畑の隣の廃墟の屋根や、その庭の樹木の陰にいるカラスも僕を見ている。目は合わない、合わせていないが見ている。僕は時々、畑に集中しているふりをして、パッとカラスの方をみる。カラスは、お前見てるのさっきから気づいてるよ、と突っ込んでくる。手を動かして石を投げるような意識を持つと、カラスは、それもすぐに察知してちょっと離れたところに飛ぶ。

畑に入ってしばらくすると匂いなのか音なのか僕を察知して野良猫のノラジョーンズが遠くか

らやってくる。しばらく黙っているが、僕が畑に夢中になっていると突っ込むように小さな声をあげた。僕がその声を無視しないのをノラジョーンズは知ってる。

　土の上ではビニール袋は元気がない。自作の竹棚に張った麻紐は元気がある。その時点で麻紐は土に戻っていこうとしている。つまり僕の作業は僕だけの作業ではなく、麻紐との共同作業でもある。おかげでもっと器用な感覚に溢れる。畝の表面はそんな僕の動きをしっかりと観察し、土の中の誰かに伝えている。多分根っこに伝えてる。

　農園主のヒダカさんが機械で耕しておいてくれた土を見る。ヒロミが自分で作った堆肥を30キロ、福岡から持ってきてくれた。オカラを熟成させて作った堆肥だ。なぜ突然、畑をやろうと思ったのか。疫病が流行っていたからか。もちろんそれもあるだろう。食料を獲得する場所が、誰もが同じスーパーなのはどうなのかと違和感を感じた。思い立ったら即行動である。すぐに僕は市役所に電話をした。すると、家の近くなら、近見《ちかみ》と小島《おしま》にファミリー農園がありますよ、と教えてくれた。近見と言えば、僕が通っていた小学校がある土地だ。そこなら慣れているだろうと思ったが電話をしても繋がらない。僕はいつも電話が繋がらないときは縁がないと思う癖がある。ということで、近見は諦めて小島に電話をした。ワンコールで電話に出てくれた人がヒダカさんだ。「畑は空いてますよ」とヒダカさんが言った。僕はすぐにラパンに乗って畑を見せてもらうことにした。

家のすぐ裏には花岡山がある。僕の父が育った山だ。墓もそこにある。飛鳥時代の頃は朝日山と呼ばれていた。車で山の横の細い道を抜けていく。近所だが、普段は通らない道だ。山の裏手に入った途端に、新緑の茂みがいたるところから目に入ってくる。熊本も最近は新築の高層マンションが立ち並んでいるが、山を越えるとそんな世界とは別の風景が広がっている。目の前に井《い》芹川《せりがわ》が見えてきた。空が突然広がり、奥には金峰山《きんぽうざん》がそびえている。僕は車の窓を開けた。風がおどかすように入り込んできた。ススキのような穂が揺れている。名前は知らない。車道の脇に畑がいくつか見えた。乾いた黒土の色を見ながら、僕はふと、自分なら何色で絵を描くかなと思い浮かべた。その途端、金峰山は青と緑と黒と灰の混じった色と形になった。太陽の光で白く輝く雲のふくらみが、無数の陰を生み出している。風景を描きたいと思ったのは何年ぶりだろうか。もしかしたら初めてなのかもしれない。

そんなことを考えながら、車を飛ばしていると、右手に楠《くすのき》の大木が見えてきた。三つ、四つ、五つといろんな緑の葉が湧くように風に揺れている。楠は風が吹くたびに新しく生まれ変わっているように見えた。風が止んでも元の色と形に戻るわけじゃなく、すっかり別の楠になるのかもしれない。感じたことをそのまますぐ何かにあらわしたいと僕は思った。ゴッホはそんなことを感じていたのではないか。今まで少しも興味を持ったことがなかった印象派の画家のことを知りたいと思った。色をそのままにあらわしたい。使う画材はパステルしかないなと思った。父からもらったファーバーカステルの70色入りパステルのことを思い浮かべた。小さな風景画をパステルで描いている自分の姿が見えた。

井芹川が坪井川に合流すると、川というよりも海の気配がしはじめる。有明海まではもうすぐだ。アオサギが大きな羽を一直線に広げて、ゆっくりと飛んでいた。この道は両親の実家のある海沿いの町、河内《かわち》につながっている。小さい頃からよく車で通っていた道だ。河内は何にもない田舎だったので、幼い僕には退屈な道だった。堤防の向こうが川なのか海なのかよくわからない。幼い頃の僕にとって海は常に危険なものと教わっていた。近づくな、と言われていた。のちに調べると、祖父母の家がある河内町白浜は1792年（寛政4年）に地震や火山活動で島原の山が崩壊したことによって、20メートル以上の津波に飲み込まれ家屋が全滅している。川沿いの国道にはいくつも苔むした神社の鳥居が見える。石碑が目に入った。

左手にずっと続く堤防の向こうにぼんやりと雲仙の姿が見える。空は晴天そのもので、青一色ではあらわせない。紫を入れたら、ぐっと奥行きが出てあの空の青を表現できるかもな、と僕は考えた。右手には金峰山の連峰が昔話みたいに佇《たたず》んでいる。

うねうねと道が曲がり始めた。ここも昔は海だったのかもしれない。2016年、熊本で大地震が起きた時、僕はすぐに家族を連れて逃げようとタクシーを捕まえて飛び乗った。祖父から教えてもらっていた、金峰山の山道を走るように運転手さんに伝えたら、国道は大渋滞だったのに、スイスイと河内まで走り抜けることができた。河内に入った途端、憑き物が落ちたように体が軽くなったことを今も体感として覚えている。おそらく地盤が市街地とは違うのだろう。金峰山は昔、山伏たちが歩いていた道だったという。山を越えたこの辺りは、全く別の世界だったに違いない。

不思議と今日は、この道も退屈には思えなかった。むしろ、豊かな山と海に囲まれた、生物にとって絶好の生息地だ。田中万十《まんじゅう》店という看板が目に入った。昔、よく祖父母の家に行く途中に立ち寄っていた饅頭屋だ。車を停めて、よもぎ団子を買って食べた。懐かしい味だ。この国道にはいくつも饅頭屋がある。なぜだろうと思いつつ、でも、おかげで僕が今、嬉しくなっているんだから、それが理由だろう。何もないところに甘いものがあるなんて、それだけで宝物屋じゃないか。

小島小学校を越えると、国道沿いにファミリーマートが見える。ヒダカさんが言ってたコンビニだ。車を左折し、手前の路地を川に沿って入っていく。ススキの草むらが見え、奥にそびえる雲仙は少し大きくなっていた。山の頂にはかつらみたいな雲が浮かんでいる。隠れている太陽が、小さな雲間の輪郭を照らしていた。強く白のパステルを押し付けたらあの光が描けるかもしれない。指を頭の中で動かしながら進んでいくと、目の前に畑が広がっていた。

畑の真ん中で青色のツナギを着た男性が鍬《くわ》で土を耕している。

彼がヒダカさんだった。

2

毎日、畑に行く。雨の日も水を撒く必要はないが、様子は見に行く。朝、仕事して、昼過ぎに畑へ行っていたが、どうも水撒きの感触がわからない。撒いている量が少ないのか、翌日はいつも畝の表面が乾いていた。ヒダカさんに聞くと「野菜は夜育つからねえ」と教えてくれた。朝や昼に撒くと、成長する夜までに太陽の光で水が蒸発してしまう。昼間暑くなった頃に、水をあげた方がいいと思っていたが、暑くなった体に冷たい水をかけると、植物もびっくりしそうだ。残った水が煮えてしまう恐れもある。そんなわけで僕は夕方、畑へ行くことにした。午後5時から畑に行くという日課がはじまった。

もともと僕は西日が苦手で、これまで毎日午後3時から午後6時まではアトリエに籠り、カーテンを閉め切って絵を描いていた。西日を浴びずに過ごすと鬱になることがなくなったため、この日課は絶対に崩せないと思っていた。ところが植物たちのことを考えた僕は、素直に日課を変更した。午後2時から午後5時まで絵を描き、毎日西日を浴びながら畑仕事をするようになった。

この時に何かが変わったような気がする。僕はこれまで徹底して自分のペースで動こうとしてきたが、そうではなくなった。植物の時間に合わせるようになったというよりも、土だ。土の時間に合わせているわけでもない。そうではなく、土のことを考えて、お互い時間を合わせたような感覚に近い。待ち合わせして、一緒に何かをする。僕はようやく土の存在に気づき、声をかけた。僕はペースが乱れたり環境が変わったりするとすぐに鬱になるのだが、不思議と今回は体の調子がいい。むしろ本来の時間が戻ってきたと感じている。経験していないことなのに、初めてではないと何か感じている。何か、としか言えないが、わからないわけではない。僕はわかっている。知っている。土は僕に時間を調整するように、乾いた畝の表面で伝えてきた。僕はそれを感じたからヒダカさんに聞いた。ヒダカさんはいつも一言だけ新しいことを教えてくれる。

畑には西に広がる有明海から強い風が吹き込んでくる。雲仙の向こうから遠くこちらまで飛んでくる。いろんなものが飛んでくる。向こうから土が見られている。視線を感じる。鳥の軽い声が響いている。海を越えてやってくる。どこに着地したっていい。でも、どこに落ちるかを見極めている。それが何か僕は知らない。でも、そうやって飛んでくるものを毎日感じている。風は土の表面を撫でながら、東の金峰山の向こうまですごい速さで駆け抜けていく。吹くたびに土の表面は回転し、景色が変わっていく。上空の鳥はそのたびに変わる土の景色を楽しんでいる。獲物を狙っている。

西日が苦手じゃなくなった。畑の先にある要江《ようえ》港まで行って、じっと雲仙のはずれに陽が落ちていくのを見るようになった。それもまた太陽で、光は真横からじんわりと地表を照らしている。

野菜の葉っぱたちは仕事を終え、少しずつ土の中に帰っていく。僕の周りの世界の色も土の中に帰っていく。夜は、土の中の色だ、と思った。真っ黒だとは思わなくなった。夜はどこも土の中と同じになる。だから野菜は夜育つような気がした。

夕方に畑に行くようになって、翌日でも畝の裾野に水がしっかり残るようになった。隣の畑をやってるシミズさんが僕の畝を見ながら「ここの土は水持ちがいいですから」と言った。茎が生えているあたりは乾燥しているが、僕は指を土の中に入れてみた。まだ湿り気がある。今日も水はあげなくてよさそうだ。苗を植えたばかりの時はヒダカさんも「じゃんじゃん水をあげて」と言っていたのに、今は黙っている。

ノラジョーンズが甘えた鳴き声をあげて呼んでいる。ついつい畑に夢中になり、餌のことを忘れていた。いつもはじっとコンクリート塀の奥に隠れているノラジョーンズが待ちきれずに畑にまで入ってきた。僕は急いで車に戻って、餌を皿に入れた。少しでも周囲で音がすると、耳を立て、怯えて、逃げていくノラジョーンズが今日はじっと待っている。でも餌を食べて満足したら、すぐにいなくなった。僕も畑に戻る。

プラスティックを土に挿すのが嫌だなと思って、竹でトマト、スイカ、メロンの棚を作ることにした。それなら網も麻紐で編んでみようと作業していると、ヒダカさんが「器用だなあ、面倒臭くないんかい。百姓だけじゃなくて、漁師もできるぞ」と言った。セーターを自分で編むようになってから、何事も面倒臭いと思わなくなった。だから畑もはじめられたんだと思う。昔はこうではなかった。

僕は、リスを家で飼っていて間違って室外機の前に置いて死なせてしまってから動物が苦手になって、猫も犬も飼おうとすら思ったこともないし、犬や猫を触ろうとも思わなかった。プランターで野菜を育てても、いつもすぐに枯れた。自分が触ったら、なんでもすぐに死ぬんじゃないかと思っていた。

そんな僕が今は毎日畑にきている。毎日ノラジョーンズと会っている。

土を見ない日があると落ち着かなくなっている。つまり、土を毎日見ていれば、体がとても楽だ。土と時間が合うようになると、土の感触が変わってきた。野良猫との関係にも似ている。畝の形が安定してきた。水をあげてもすぐに崩れたりしなくなった。土が自らの意思で形を持ちはじめている。

僕はその感覚を知っている。陶芸をしていたからか。

練った土をろくろに乗せて、回しはじめる。僕は右手で水を掬《すく》い、土の塊にかける。土は暴れ馬のように、思い思いの方向に遠心力にも逆らって動こうとする。力ができるだけ伝わらないように柔らかく両手で土を抑える。土の動きに手を添えるような感覚で、上に筒あげし、上がりきったら今度は手で軽く下に力を与え、元の塊に戻していく。これを土殺しというのだが、何度か繰り返していくうちに、少しずつ土が僕の存在に気づいていく。こっちにいくよ、と伝えると、土がむくむく起き上がってくる。強引に力をかけるのではなく、土が動こうとする方向に道を作ってあげるような感覚だ。

自分の思うままに動かすのではなく、土が動こうとしていることに気づき、同化していく。自分の姿が消えた時、形が現れる。もしかしたらこの畑の土でも器が作れるのかもしれないとふと思った。

畑仕事をしながら、これまでやってきた陶芸や編み物などの体の使い方が蘇ってきた。生活と創造の垣根が溶けて混じっていく感触がある。

われわれのかたちに、われわれにかたどって人をつくり
(創世記1・26)

僕は土から生まれて、今も栄養をもらい、また土に還っていく。

光と闇じゃなくて、光と土。

土の中で、僕は輪郭を失い、どこまでも広がっていく。虫は前から知っている、鳥も前から知っている。両手を畝に突っ込んだ。表面は堅いのに、中はどこまでも柔らかい。もう日が落ちそうだ。橙《だいだい》色の夕日がこれからはじまる土の時間を知らせる。風が和らいだ。

僕はヒダカさんに「お疲れ様、また明日きます」と伝え、車のライトをつけて、家に帰り、夕ごはんを食べた。

3

パステルで畑から見える夕暮れの絵を描いた。僕が描いた夕暮れを見て、友人が「見たことがある」と言う。絵が記憶に近付くのか、記憶が絵に近付くのか、もしくはどちらも近寄るのか。現実が絵に近寄るのか、絵が現実に近寄るのか。写真とはまた感受するもの、発するものが違うのかもしれない。

絵にするという作用は一体なんなのかと考える。絵は現実を記憶にする過程を具体的に見ることができる媒介のように感じる。僕は今、毎日土を触っている。土の中にあるものだけが、野菜の成長に繋がっていく。土の中にないものは外に出ていかない。

そう考えると、土の中は僕の内側と同じなのではないかと思った。僕は土の中に手を入れることで、自分の内側に直接手を入れているのかもしれない。触れるものとしての心が土なのかもしれない。触れられる記憶が絵ということなのか。現実で起きている出来事が記憶に変わっていく様を、海馬にすべて任せるのではなく、手と目を使って、具体的に紙の上に生み出す。絵はただの創造じゃない。当然ながら創造とはゼロから作るわけじゃない。そのことを身をもって経験しているのが、最近、体が楽になっている理由なのかもしれない。

畑の途中、あるお店を見つけた。竹細工店と書いてある。車を傍に停めて、中を覗くと、おじさんが一人で作業をしている。店というよりも工房のようで、竹籠などが天井まで積み上げられていた。僕は時々不思議な出会いをすることがあるが、その匂いがぷんぷんする。僕はつい興奮して店に入っていった。おじさんは、もう60年以上も毎日竹細工を作っているという。この人も毎日つくっている。僕と一緒だ。今日は、原稿を書いて、歌を一曲作って、パステルの絵を2枚描いた。とにかく作ったら、次が自動的に見えてくるのを知っている人だ、この人も。嬉しくなった。自前の道具まで作っていた。今日は野菜の収穫があるので、というと、収穫用の竹籠を見せてくれた。3000円だったので、安くてびっくりしてすぐ買った。聞けばおじさんは全然稼げていないらしく、何か協力できないものかと考えながら畑へ。頼まれてもいないのに、すぐ人の手助けをしようとする。僕のいい癖でもあるし、悪い癖でもある。いつも絵を見てくれるギャラリストの旅人に、買った竹籠の写真を送ったら、梅干しを干すためのザルを探していたという。僕が通販サイトを作って宣伝したら、たくさん売れるかもしれないと思って、旅人に企画しようとしたがやめといた。最近は興奮する手前で、落ち着いていこうと自分で声をかけるようになった。これも畑の効果かもしれない。

今日は6月4日、畑をはじめて41日目。畑に到着すると、すぐにノラジョーンズが近寄ってきた。離れて鳴くだけだったのに、今日は車のすぐ下にまで来た。腹が減っているのか、ニャーニャー言っている。僕は自分の畑に向かう前に、下駄をはいたまま、餌を取り出し、ノラジョーンズにあげた。食べ終わると、いつもならすぐいなくなるのだが、今日はじっとこちらを見ているので、初めておかわりをあげた。喜んで食べている。そのまま僕はお尻をトントンした。気持ちがいいのか、いつもは逃げるのに、逃げない。ノラジョーンズの顔が少しずつ変わってきた。今日はじっくり触らせてくれたし、仲がどんどん良くなってる。動物とこんな関係になるのは、僕は初めてだ。

カボチャを見ると、葉っぱが少し白くなってる。ヒダカさんがやってきて「うどん粉病かもしれん」と言った。カビが原因で起きる病気のようだ。乾燥した日が続くと、なる病気らしい。農薬は撒かないというヒダカさんの方針なのでどうしようかなと思っていると、ヒダカさんが「植物由来の薬を見つけてくるから」と言ってくれた。それでもカボチャはとても元気。ツルが伸びていたので、下に敷くために近くの草を少し刈った。刈った草も役に立つ。カボチャのツルの下に刈った草を敷くのは、病気にならないようにするため。横のサツマイモも元気だ。植えはじめたばっかりのとき、枯れそうだったのが嘘みたいだ。ヒダカさんも孫を見るみたいにそう言ってた。

根切虫にやられて瀕死の状態になったメロンからも新芽が出てきた。植物は絶対にあきらめない。ヒダカさんはそれを知っているから、枯れて落ち込んでいる僕に「絶対、切ったり、引っこ抜いたりしないで、触らないでそっとしてあげなさい」と言った。ヒダカさんがいう通り、今ではメロンも元気を取り戻している。

「死にたいって電話してくる人には、このメロンの姿を見せたらいいんじゃないかな」

とヒダカさんが言った。どんなに枯れても、心の中、つまり、土の中はまだ死んではいない。だから、表だけ見て判断しないようにしている。いつも見るべきは土の中である。今日も両手を突っ込んだ。

スイカもカボチャもメロンも受粉してくれているようで、少しずつ実が大きくなっている。

今日は二本目のきゅうりも収穫した。いつも摘む大葉と一緒に今日買った竹籠に入れたらいい感じだ。ヒダカさんも「かっこいいな」と言った。「欲しいなら買ってきますよ」と伝えると「いいよ」と言った。

とうもろこしは雌花が咲いた。とうもろこしの先についている髭みたいなものが雌花である。そんなことも僕は知らなかった。グングン天に伸びていく雄花から花粉が落ちてくるのを雌花は下の方でじっと待っている。知らないことばかりを最近知っている。パステルの絵を描いているから、西日が苦手だということすら忘れて、空の色や雲の動きにも目が行くようになった。初めてのことばかりで、小学生の気分だ。

「アオキさんが、あんたが作った竹棚と麻紐の網を褒めてたよ」

とヒダカさんが教えてくれた。アオキさんとは隣で畑をやっている夫婦だ。アオキさんの畑は他の誰とも違っている。草が畝全体を覆っていて、畑が生き生きとしている。草を根っこから抜くのではなく、髪を切るように毎日整えているらしい。一番、手のかかる方法だが、そうすると生態系が保たれ、野菜の成長に欠かせない微生物が活発に動き始めるんだとアオキさんが教えてくれた。ヒダカさんも「アオキさんのところの野菜はどれも美味しいんだよ」といつも言っている。何よりも草が生い茂る畑の姿がいい。僕はいつも隣のアオキさんの畑を見ながら憧れている。

そんなアオキさんから褒められて、嬉しかった。毎日畑に行くだけで、野菜はしっかり育つし、周りの人からも褒められる。そりゃ毎日行きたくなる。継続することだけが、僕の得意なことだ。どんなことでも興味を持ったら、いつまでも継続することができる。継続は、能力には関係ない。興味がある、って力だけだ。誰にでもできる。継続すればするほどうまくなる。人間だって野菜と同じようにぐんぐん成長する。継続するだけでいいのだから。難しいことではない。畑は一生やりたいなと思った。「いのっちの電話」だって一生やりたい。本も一生書きたい。絵も一生描きたい。歌だって一生歌いたい。もうそれだけで十分だ。一生やっても満足できない。次自分が作ったものを見たい。僕にとって生きるとは「次」のためだけである。そこも野菜と似ている。

ヒダカさんが摘んだばかりの最後の苺を三つくれた。一つを、同じマンションでエレベーターで一緒になった高校生の女の子に、残りを息子のゲンと娘のアオにあげた。

きゅうりはみんなで丸かじりした。甘い。トゲが鋭い。市場に出回っているのは時間が経過しているからトゲが丸くなっているらしい。そんなことも知らなかった。

自分で作ったものを料理して食べる。野菜を買って料理をするのとは全然違うと知った。満足度が違う。僕が野菜に働きかけるのと同時に、野菜も僕に働きかけてくる。それが舌を通して直接伝わってくる。鍬で畝を作る時に、土が自ら形作ろうとしていると感じた時と似ている。自作の竹棚も完成直後は頼りなく揺れていたけど、今ではしっかりと馴染んでいて、簡単には崩れない。どれも僕自身の手で作っているのに、強く感じるのは、野菜や土の力だ。むしろ自分で作っているからこそ感じるのだろう。今ではどれも商品化されているから、この相互作用を感じにくくなっている。畑をやることで僕は、自らの手で作る重要性よりも、こちらが働きかけた時に起きる「人間ではないものからの力」を感じている。

野菜もそうだ。土もそうだ。ノラジョーンズもそうだ。そしてパステルの絵がそうだ。僕たちはついついそれらを他者と呼び、客観的にみようとしたり、自分から離れているものとして受け取ってしまう。しかし、いつだって、自分から働きかける時、向こうからも働きかけられている。だからこそ、作る時、僕は作られている。作るという行為は、この働きかけられる作用も同時に引き起こす。僕が畝を作る時、僕は土になっているが、土もまた僕になろうとしている。そうやってすべてを見てみようと思った。

畑ではじまった僕の新しい試みは、他のあらゆることへツルのように広がり、それぞれの土壌をふかふかにしていく。生と死がぐるぐるとうごめく土の運動が僕の視界と重なっている。

4

2020年6月5日、畑42日目。

今日はまずアトリエで山道の絵を描いた。畑の近くにある権現山の山道だ。権現（仮の神）という名前からも分かる通り、畑の裏にそびえる金峰山系の山々はその昔、霊山だったらしい。有明海に面していて、異国からの船が行き来していた。この地は室町時代頃は倭寇の重要拠点でもあった。折口信夫の水上生活者である家船《えぶね》についての文章を読んだ時、僕の先祖も異国から流れ着いたまま船を岸壁に近づけて水上生活していたのではないかと想像した。長編小説『カワチ』（未刊）はその着想をもとに書いた。山伏たちが山で焚いた火が、異国の船にとって灯台の代わりだったと熊本郷土史にも書いてあった。だから僕がこのへんで畑をやるようになったのもおそらくなんらかの必然なんだと思う。

権現山には装飾古墳がある。千金甲《せごんこう》古墳と呼ばれている。どうやらこの辺りは金鉱でもあったようだ。と一人で地元の図書館で調べては、気になる場所を訪ねつつ、畑に通っている。

古墳の近くでぼうっとしてたら、一人のおじさんと出会った。おじさんは道沿いの地蔵さんに手を合わせてる。

「この地蔵さんは古いんですか？」

「いや、俺の死んだにいちゃんがどっかから持ってきた。持ってきてすぐにいちゃんは死んだ。で、俺は小さい時からずっとこの地蔵さんのところに来てる。毎日この山道を歩いて」

おじさんは野生の人間のような顔をしていた。おじさんが指さした方角を見ると、煙突が立っていた。

あれは登窯《のぼりがま》の煙突ではないか。僕がそう聞くと、おじさんは頷いて、昔、陶芸家がこの辺に住んでた、でも今はいなくなった、と言った。僕は次は登窯を使うことになるのだろうか。ヒダカさんに聞いたら、登窯のある家の主を知っているという。

モネのカタログレゾネを見ながら、研究をしつつ、僕は毎日パステルを描いている。創造する、ということは、どういうことなのだろうか。僕は今、畑をしながら、毎日、作っていると感じている。植物、地中の微生物、虫、そして鳥が絡み合って、畑の時空間を作っているように感じる。作る、創造する、ということは「生へ向かう力」だと言った、哲学者ドゥルーズのことが脳裏に浮かんだ。僕は彼とガタリが一緒になって、合体して、ほとんど一つの生命体となって書いた『千のプラトー』を久しぶりに手に取った。

絵を描き終わると、すぐに僕は竹籠屋へ向かった。今度は、背負い籠を買いたくなったが、使わないかもしれないからと買うのをやめた。元気になると、ついこうやってなんでも買おうとしてしまう。何かが欲しいと思った時は作ったほうがいい。おじさんに聞くと、6月13日に竹籠教室をやるというので、顔を出すことにした。こうしてまた別の「つくる」がはじまることになる。僕は常にそうだ。開かれていて、いつも適当で、いつもどこかしらに手を伸ばしている。いくつものことを同時に考えるのが自然だから、いつもそうやって、絵を描いたり、散歩しては昔の遺跡を訪ねる。山を見て、鳥の鳴き声を聴きながら、昔も同じ風が吹いてたんだと思う。朝顔を見つけると、この青紫色を昔の人はどんな目で見ていたんだろうって頭に浮かんだときには飛鳥時代の人になったり、旧石器時代の漁師になって、星を見たりする。そうやって、勝手に地図をつくる。地図と言っても、紙に書き残すわけじゃない。僕にとっての地図は、歌である。歌にしておけば、一生忘れない。そうやっていつも歌が生まれる。今のこの足跡もいつか歌になると思うと、生へと向かう力が湧き上がっているのを感じる。僕は一人で鼻歌を歌いつつ、畑へ向かった。

畑に着くと、すぐにノラジョーンズが僕を呼ぶ。車の近くに降りてきて、後部座席から餌を取り出すのを確認するまで離れようとしない。蚊に喰われながら餌をあげる。ダニも這い上がって、僕の生き血を吸ってる。これも一つの営み。

畑の野菜はみんな元気だ。カボチャは昨日と比べてまた10センチくらい伸びてる。一体、この成長っぷりはなんなのだ。人間も同じくらい成長するんじゃないか。パステルを描いている僕を見て、友人が「野菜みたいに成長するなあ」と言ってた。僕は野菜みたいに成長したいと思ってたから嬉しかった。メロンがまた大きくなってた。雄花と雌花、どうやって受粉しているんだろう。虫が媒介しているんだろうが、僕はまだその瞬間を見ていない。

ヒダカさんが近寄ってきた。いつも畑に来ると、ヒダカさんが近づいてきてくれる。これも嬉しい動きの変化だ。人が動くと、相手も動く、虫も動く、猫も動く、カラスも窺っている、虫は逃げる、僕の足音、トカゲの尻尾が見える。すぐにいなくなる。僕が到着する前の風景がそこにあると知る。でも僕は一生それを見ることができないんだと思うと面白い。変化ばかりの毎日だ。畑をやると、この変化を毎日滝のように浴びるのである。変化の雨あられ。

「お、今日の朝、メロンの黄色いでっかい花がガーって咲いてたぞ、それはそれはきれいやった」

「え、そうなんですか？」

僕は当然のことを聞いているのに、びっくりした。水をやるのは夕方、とばかり頭にあったので、朝、畑にきたことが一度もなかったからだ。朝、花が咲くという。今は閉じている。しぼんでいる。これは見たい。明日は絶対に朝一で畑に行こうと決めた。また行動が変化した。ジョウロから変化がこぼれ出てくる。

「頑丈にできとるな、さすがは建築家や」

僕が竹で作ったトマトの棚を触りながらヒダカさんが感心してる。本当に畑について人から褒められるのは嬉しい。自分のことよりも嬉しい。まわりの人も僕が作った竹棚には驚いているみたいでよく褒められる。「まるで農園やな」とヒダカさんが言った。僕は見た目が大事なのである。竹棚があるだけで畑にいて楽しくなる。麻紐で作った網もそうだ。そうやって部分が集まっていくと、とても心地よい空間が出来上がることは、建築をやったり、展覧会をやったりして学んだことだ。これまでの技術がすべて生かせるのもまた畑ならではだ。

アオキさんの畑のように、草の先端だけを切っていく。根っこはそのままにしておく。草について考えていたら、ドゥルーズの「リゾーム」という考え方が今なら分かるのかもしれないとふと思った。リゾームという言葉は日本語で言うと「地下茎」「根茎」のことだ。地中にある、根っこではなく、茎の部分。植物は地下茎と、地上茎で構成されている。ドゥルーズはこれまでの人々の思考は樹木状のイメージで構成されていたが、同時に人間には地下茎的振る舞い、つまり、リゾームもあると言っている。その意味がわかるようでわからなかったのだが、土の中に手を入れるようになって、それを体感できるようになっているような気がする。

「リゾームは一つの反系譜学である」

ドゥルーズは言う。根切虫に喰われたメロンは今日もツルを伸ばし、新芽が生えてきている。リゾーム、地下茎がすばらしく、地上茎的思考はもう古い、みたいな感じで、僕は『千のプラトー』を読んでいたのだが、今、地上の茎、ツルを見る限り、地下茎と地上茎は当然のことながらつながっている。だからそれらを区別することはできない。僕は枯れた植物を見て、死んでしまったと思いこんでいた。しかし、リゾームはそんなことお構いなしだ。無数の多数の死と生があり、一つの生が死ぬことで、他の生が伸びていく。だからといってお互い声を掛け合って、協力しているわけでもない。時間もそれぞれに等しく流れているわけでもない。すべて違うものが、何か一つのルールに従うわけでもなく、それぞれバラバラに生きて死んで、また新しく生まれるものがある。そんなことを思い浮かべると、創造的になる。僕の創造ともつながるのではないかと畑の上で指を土の中に突っ込んだ。ピーマンがさらに大きくなるようにと僕の勝手で行動してる。ここにないのは、言葉だけだ。言葉以外はすべてある。

「リゾームには、構造、樹木、根などにおいて見出せるような点ないし位置といったものはない」

この「点と位置がない」という言葉が気になる。いつもてんでバラバラな僕の創造のヒントになりそうだ。僕にも点と位置がない。思いつきによってはじまった異質な行為たちが、それぞれの生へと向かう力（＝創造）によって、もしくは他方の創造が媒介となって、それぞれに別のものになっていく。と同時に、それぞれの間で、未知の「知覚することができない知覚」が生まれて、新しい時空間を形成していく。まだうまく言葉にはできていない。しかし、うまく言葉にできなくても、実際に手を動かして、この目で見て、体感している。つまり知っている、感じている。わかってはいなくても、その場に臨場感を持って、生々しく立っている。

土の中では多様な要素がただひしめいているだけではない。かといってそれらを取りまとめる統一された秩序があるわけでもない。植物、虫、微生物、人間とくっきり区別されていない。それぞれが自由気ままに生きて死んでいく。その過程で、意図しない相互作用が至るところで起きる。生へと向かう力が途切れることなく交差していく。これが土ってことだ。そして、それこそが創造なのではないかと僕は思った。

土になる、とはつまり、僕が動くときに同時に起こっている周囲の生き物からの力をも創造ととらえるということなのではないか。

ドゥルーズはリゾームを概念として提示したが、僕は土を概念としてではなく、生活として、実践してみたい。僕が土になる過程は、それこそ「人間にとって最重要なことが『つくる』ことである」という僕の考え方と重なってくるはずだ。土に向かうことで、哲学も開かれていく。そんな実感がある。

トマトが160センチくらいまでに伸びた。茎を竹にくくりつけた。大葉の横に、100年前から受け継がれている固定種である、和唐辛子、万願寺唐辛子、花オクラ、紅オクラ、ササゲの種を撒いた。これで僕の畑は以下のようになった。

今日もきゅうりとピーマンと大葉を摘んだ。アオキさんの苺もいただいた。
畑から帰る時、やっぱりいつも清々しくて、夕方がどんどん好きになっていく。

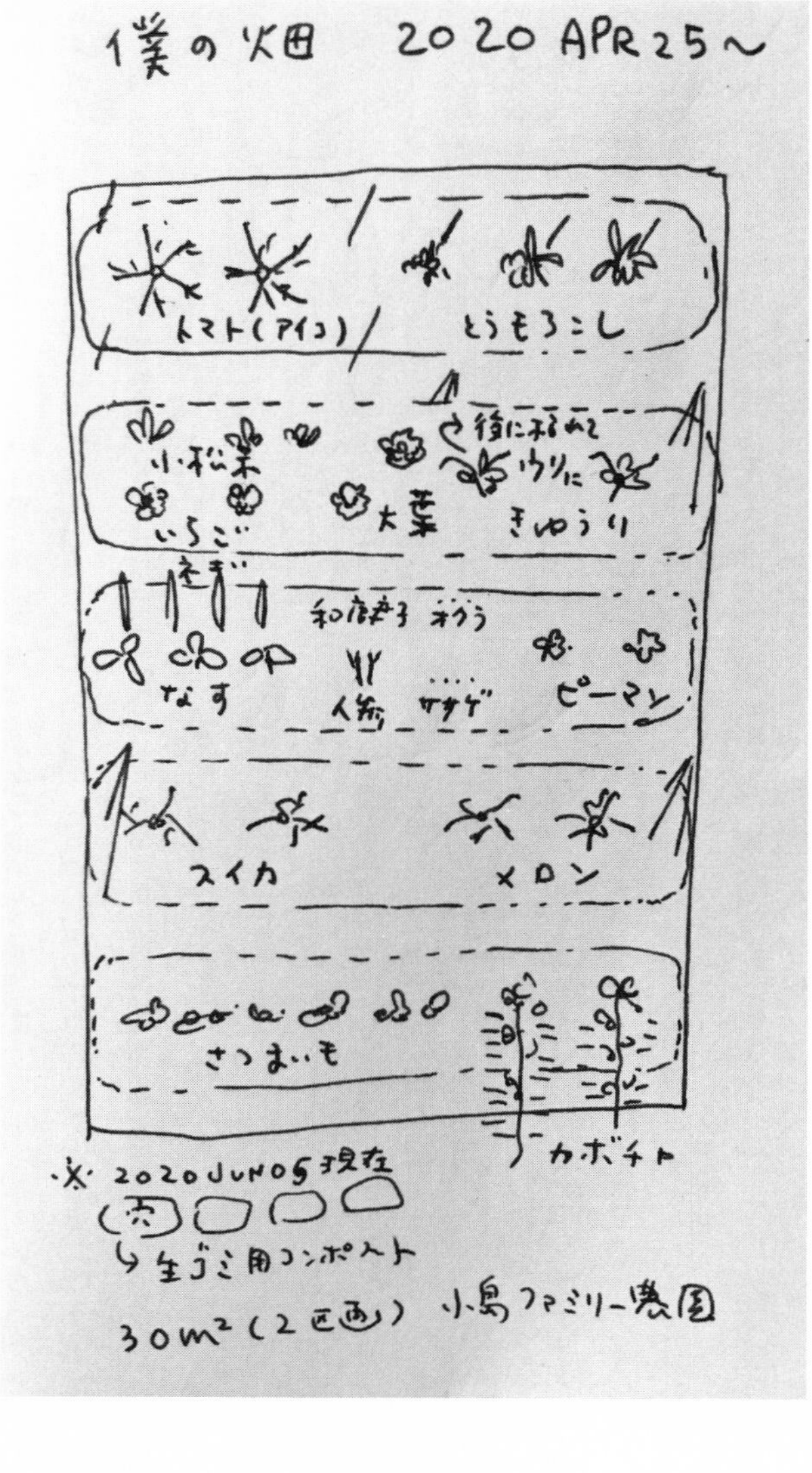

5

2020年6月6日、畑43日目。

今日は、初めて朝起きて、すぐ畑に向かってみた。もちろん、昨日、ヒダカさんから「朝、メロンの花が思い切り咲いてた」と話を聞いたからだ。ヒダカさんは一体、1日に何回畑に向かってるんだろう。車で河内方面に向かう。朝の空気が気持ちいい。いくつかの何かを思い出す。それが何かはよくわからない、ランダムに思い出すものがある。どれも形を持たずに、風と一緒に車の窓の向こうに飛ばされていく。僕も別に追いかけようとはしない。そういうものがあるというだけで安心できる。

鬱が明けて272日目。こんなこと初めてだ。朝から花を見るためだけに車を走らせていることも初めてだ。田舎、自然が苦手だった僕が、その苦手の中枢だった、僕の祖父母の実家がある河内方面に車を走らせていて、それで心が楽になっていくなんて想像もしなかった。今は、僕の中で河内で遊んだ思い出が、その時の空気が体から湧水池の水底からプツプツと泡となって、また車の窓から外に流れていく。

畑に着くと、隣の人がスイカの世話をしていた。僕より若い、博士みたいな風貌の男の人だ。なんだかいろんなことを知ってそうだが、一人で黙々とやっているので、僕も話しかけずにいる。彼のスイカが大きくなっている。僕もあんなふうになるのかと思うと楽しみになってきた。隣にお手本が揃っている。他の人の畑は生きた書物だ。畑の知識についてネットで調べたり、一切していないと気づく。本も読んでない。すべて、この畑にやってくる人に聞いている。元々人間はそうやって口承の知恵でやってきた。幼少の時に自然と自転車に乗ったり、二段とびができるようになった過程を思い出した。誰もネットで調べたりしなかった。畑に関しては、とにかくこの土の上でだけ研究する。そんなやり方でやってみようと思う。

カボチャに近づくと、大きな雌花が咲いてた。花の下にはまん丸とカボチャの実が。もう実がなっているのに、なぜ花がまだ咲いているんだろうと思っていると、ヒダカさんがやってきた。もうすぐ花は茶色くなって落ちるそうだ。そして、実がどんどん大きくなる。

モンシロチョウが至るところで舞っている。夕方には見ることができない光景だ。乱れ飛んでいる。人間がやってきてもこんな調子だ。人間がいない早朝はもっと飛んでいるんだろう。

「虫たちも、昼間は日の光浴びすぎて疲れるんだろうな。だから朝飛んでるんだろう。虫も賢いよなあ」

ヒダカさんは虫たちが僕の畑に来て、花の蜜を吸っている様子を見ながら言った。本当にその顔が嬉しそうで、虫がたくさん来てくれる畑になってよかった。喜んでいる顔、安心してる顔。

僕もそれを見て、とても安心した。自分がそんな畑を作れていることが嬉しくなったし、なんというか子供の自信がついた。子供の時に、人から褒められた時のあの自信というか、先輩たちに混じっていて、大人びたことに参加した時の感覚みたいなもの。自分の子供を育てようと気張っていた娘が1歳だった頃の不安感とは違う。野菜を育てている時にはあの不安感がない。それはヒダカさんがいるからだと思うし、隣の人たちがいろいろ教えてくれるからだし、何より、この畑の土壌から漂ってくる香りを嗅いでいたら安心できる。僕まで安心するんだから野菜は嬉しいんだろうなと思う。自分が住む場所、行動する場所、当たり前だが、そこにいていいと思えるから安心する。今は僕の子供たちもここにくる。

スイカの花も咲いてた。メロンも大きな花を咲かせてた。夕方には知ることができない姿。モンシロチョウだけでなく、アリ、そして、蜂が飛んできた。ヒダカさんが無茶苦茶嬉しそうな顔で蜂を見てる。僕が写真を撮ろうとすると、ヒダカさんはスッと体を引いた。でも撮れなかった。ヒダカさんは笑いながら、次の花にやってきた蜂を指さした。また撮ろうと思ったけど、撮れなかった。

「蜂が来るんだから、大したもんだ」

僕の畑について褒めてくれている。以前、養蜂をしたいとヒダカさんに言ったことがあるのだが、その時は、このへんは花がないから、蜜蜂がこない、と言っていたことを思い出した。そんな場所に西洋蜜蜂がきた。日本蜜蜂はまだ見ない。養蜂だってそのうちできるようになるかもしれない。

ピーマンの白い花、ナスの紫の花も咲いてた。ナスの花は女性器を連想させた。トマトの黄色い花、とうもろこしの雄花も背の高い先端で槍みたいに咲いてる。

ヒダカさんは自分の畑のきゅうりを収穫していた。

「今、収穫するんですか」

「やっぱり、朝採りが一番おいしいね。日光を浴びる前がおいしい」

そっか。僕も朝採りをしてみよう。でも、夕方摘んで、そのまま夜ご飯に使うのも十分、奇跡的に美味しかった。サラダにしてただ食べるだけで最高だったのだ。僕の料理観が一変する出来事だった。

朝はこれくらいにしておいた。帰りに奈良時代の遺跡、池辺寺《ちへんじ》跡を見に行ったら、ウグイスが聞いたこともないようなこだまをあげていた。畑の周りには時間がたくさん埋まっている、飛んでいる、茂みに隠れている。僕が史跡を歩くと、誰も来ていなかったからか、ザザッと音が連続して聞こえてきて、落ち葉の中に隠れるニホントカゲの瑠璃色の尻尾だけが異常に長く、こちらに手を振っているように感じた。朝の舞台、って言葉が頭に浮かんだ。「害虫がいないと、益虫も来ないからな」とヒダカさんが言っていた。いろんな虫、ヒヨドリも油断して土の上を歩いていて、僕と目が合ってびっくりしていた。燕のつがい。土色のクモが波紋みたいに、乾いた畝の上で散らばっていった。友人から新しくできた歌が送られてきた。聞いてたら、あの朝の舞台の音がした。

ヒダカさんも同じ竹籠が欲しいらしく、買ってきてほしいとお願いされる。畑の帰りにおじさんに会いに行き、竹籠を買った。

今日のパステルは、ポルトガルで見つけた椿を描いた。光が日本とはやっぱり違うんだな。絵も変わってくる。背景もうまく描けた。その後、額装屋へ。パステル画の額装のサンプルを1枚頼んでいたのだ。いい感じに仕上がって嬉しくなる。

そのまままた夕方になって畑へ。今日はずっと草取りをしていた。草取りしながら、トマト、じゃがいも、朝顔、小松菜たちが植えてもないのに畑に生えているのを見つけた。どこかから風で飛んできたのかもしれない。僕は今日、ずっと記憶について考えていたことを思い出す。その時、頭に浮かんだのは哲学者のベルクソンだった。


記憶は私たちを、事物の流れの運動から、いいかえれば必然性のリズムから解放するのだ。

『物質と記憶』


抜いても抜いても元気に生えてくる雑草みたいに、記憶も僕の頭、僕の生活、僕の知覚の中で突然生えてくる。僕が思い出そうとしたわけじゃない。思い出す、すると、芽を出す。芽は僕の中でいろんな形になって生えてきた。突然見つけたあの芽が、僕の記憶が、それぞれに僕の生活のリズムを変化させる。僕は必然性から離れて自由になる。僕によってではなくて、雑草のような記憶によって。僕の記憶は一体、どこにあるのか。脳味噌の中ではない。僕は行動を起こしている。僕が動いている。僕が動かす指先や目の中にも雑草の種がある。種はどこかに忍び込んでる。じっと待ってる。枯れても腐っても、雨でも晴れでも乾燥していても、寒くても、虫がいても、嚙みつかれても、記憶はどこかにじっと身を潜ませて、僕を自由にしようとする。僕と記憶の関係もまた、虫と受粉の関係のようだ。与かりしらぬところで、交差して、畑にやってくる誰かの突然の喜び、芽が出て膨らんで花が咲いての歌になって、誰かの耳元に、永遠に体に残る。それはいつもリズムから解放された瞬間、つまり思い出した時、記憶の自由な爆発からはじまる。

今日、珍しくヒダカさんが早く帰るという。

「どうしたんですか？」

「あ、今日は蛍や」

あ、そんな時期だ。僕も毎年蛍を見に行く。

「麦摘み終わったら、蛍」

「へえ」

「だから早く帰るぞー。竹籠ありがとな」

僕も家に帰って、ご飯を食べたあとみんなで蛍を見に行った。いつも行くところだ。金峰山の山中、祖父母の家のある河内の橋の上。車を停めたら、目の前に見慣れた車が停まってた。ヒダカさんの車だった。

蛍がたくさん飛んでいた。

光るたびにベルクソンの言葉もまた飛んでた。

この記憶もいつかの種になる。

いつもより肌寒い夜風だった。

6

2020年6月7日、畑44日目。

午前中、原稿を書いて、その後、鹿児島の出水《いずみ》から麦わらを持ってきてくれた読者の方と会う。麦わら帽子を作りたいと思いつき、麦わらをくれませんかとツイッターで書いたら、本当に持ってきてくれたのだ。お礼に僕の本を数冊手渡した。ありがたい。車の中に小麦とライ麦のわらを詰め込む。

昼前にアトリエへ。今日もパステル画を描く。毎日、同じだ。今日は日曜日だが、僕の生活は何も変わらない。

ポルトのかもめと、畑のある小島の夕暮れを描いた。その後、また額装屋へ。麦わらと一緒に。麦わらは帽子を作るためにいただいたのだが、昨日、蛍を見に行った時に、ヒダカさんにそのことを伝えたところ、ヒダカさんは麦わらに興味津々で嬉しそうな顔をしていた。麦わらを畝の上に敷くと、マルチの代わりになると言うのだ。マルチというのは黒いビニールシートのことで、畝を覆うことで、草が生えるのを避け、また植物が水分をとりすぎるのを防ぐことができる。僕は今、トマトと苺をマルチで覆っているのだが、やはり黒いビニールシートは見た目にもあまり良くないし、使い終わるとゴミになってしまうので、他のもので代用できないかと思っていた。僕は麦わら帽子を作るのではなく、畑に持っていくことにした。

畑に到着し、麦わらをおろすと、やっぱり麦わらは畑に合っている。僕はいつも体に合っているかどうかを考える。合っていることだけをやると、体調が良い。ヒダカさんが言っていた通り、スイカとメロンの畝の上に敷いてみた。やったことはなかったが、なんだかこんな感じの畑を見たことがあるような気がする。うまくいっているときはすぐに感触でわかる。

畑をはじめたばかりの頃は、まだ土と野菜と僕が一体化しておらず、距離があった。それは当然だが、これはいつどんな時でもそうだ。パステルだって使い始めの頃は、紙に押し付けると出てくる顔料の粉をうまく扱えない。少しずつその粉も計算に入れて、色を作れるようになった。料理にも似ている。料理で大事なのは、塩の分量を頭に入れておくことだ。素材につける下味としての塩、火にかけてまぶす時の塩、醤油に入っている塩分、水を飛ばしたあとに残る塩、慣れてその塩加減がわかってくると楽しい。パステルも今は慣れて、色がうまく出せている。今日の青色はうまく行った。知らない町でふと目に映る青空があらわせたような気がする。

畑も今はそうなっている。畝は安定し、畝に差している竹棚もびくともしない。土壌が安定しているような気がする。だから手を加える時も安心感がある。なんとなく、あとは全部うまくいく、という実感がある。大きく崩れることがない。この感じがとても好きである。車の運転もそうだ。ラパンはもう僕の体の一部になっている。スイスイ、バックで駐車している時の感触が心地よい。畑も僕の体の一部になっているのか。いや、僕はラパンの一部になっている。畑の一部になっている。僕はいつも逆な気がする。僕のところに手繰り寄せるのではなく、僕が簡単に変形して、その対象物になっている。またベルクソンが頭に浮かぶ。

生命体が持続するのはまさに、それが絶えず新しいものを練り上げるからであり、探究なしに練り上げはなく、模索なしに探究はないからである。時間とはこのためらいそのものであって、そうでなければまったく何物でもない。

ベルクソン『可能的なものと実在的なもの』

僕が今、ここで書こうとしていることと、このベルクソンの言葉がどうつながっているのかわからない。でも説明するための引用など僕にはあんまり意味がなく、引用したい言葉はいつもトイレで思い浮かぶ。「持続」というベルクソンの言葉は、僕の継続、日課といつもつながる。そして、探究、練り上げ、模索のことを「ためらい」と言っていることが興味深い。鬱の時の自分の状態を言い当ててくれてる気がする。鬱とは「時間を感じている時間」なのではないかとふと考える。

始まりはいつも落ち着かない。時間を待っていなくてはいけないからだ。パステルがうまくできないまま、それでも絵を描いていく。畑の土作り、そして苗を植える。そこからしばらくは待たなくてはいけない。待ち遠しい、待ち焦がれる、嫌な時間だけというわけではない、期待も大きく膨らんでいる。待ち、待たせ、待たされる。時計で測った時間ではない時間が生まれる。落ち着かなさが少しずつ楽しみに移っていく。そうやって自分を待たせることができるようになっていく。僕は今、畑で待つことが辛くない。それが最初の頃と全く違うことだ。今は待っているだけでなく、待っていることを忘れている時もある。成長するのを見るだけでなく、畑ではいろんな出来事が巻き起こっているからだ。草が生えている。草も気づいた時には昨日ちぎったはずの茎からまた黄緑の葉が伸びている。まだ濃い緑色にはなっていない。そういえば、気づいた時には野菜たちの葉っぱが濃くなっていた。ヒダカさんが「追肥した後から、濃くなってくるぞー、そしたら収穫だ」と言っていた。ヒダカさんは未来のことを言っているのか、あらかじめ見ている世界のことを言っているのか。その時の僕にはまだわからなかった。でも今、畑の葉っぱたちは濃い緑色で、だからこそパステルの植物の塗り方も変化していて、僕の思考も少しヒダカさんの方に近づいているのかもしれない。もしかしたら今、未来が少しだけ見えているのかもしれない。

時間はいつも僕より遅れてやってくる。時間とはためらいそのものだ。でも、僕は心地よくためらうことができている。待ち遠しいが、喜びも感じている。「時間とはすべてが一挙に与えられるのを妨げるものである。時間は遅らせる、いやむしろ時間とは遅れである」と書くベルクソンがいいなと思う。時間がやってくる前に、僕は草を抜き、野菜のツルが育つ方向を眺め、無理ないように紐で支え、二股の真ん中から生えてきたトマトの芽を摘み取り、それを土に挿し、虫は逃げ、とうもろこしの葉っぱで動く青虫を遠くの草むらに引越しさせ、猫に餌、ノラジョーンズは今日も僕を呼んでいる。家の生ゴミは土に食べてもらい、今では次の日のきゅうりとピーマンの成長具合がわかるようにまでなった。

ヒダカさんが畑にやってくると、僕のスイカとメロンの畝を覆うライ麦わらを見て、

「言うことなし」

と言った。僕はさらにきゅうり棚の下にも敷いた。ヒダカさんは麦わらを見て本当に嬉しそうだ。そうやって畝を覆うのが本来の姿だからなんだろう。ヒダカさんは、僕の畑の先生だが、ヒダカさんからいつも受ける感覚は、僕に何かを教えているというよりも、僕に対する深い敬意である。それが僕をやる気にさせる。竹棚を作った時、麻紐で網を編んだ時、ヒダカさんは尊敬の目で「すごいなあ」と声をかけてくれる。

「新聞でとったなあ」

ヒダカさんは熊本日日新聞で僕が連載してる「いのっちの電話」の原稿を読んでくれたようだ。僕は自分の携帯番号を公開して、死にたい人からの電話を受ける「いのっちの電話」というサービスをはじめて10年近くになる。

「俺にはできんなあ。人のことなんかなんも考えとらんもんなあ」

「畑ではいつもみんなのことを気遣ってるじゃないですか」

「そりゃ、お客さんだからな、当然だ」

30平米の土地を1年借りて、1万円なのである。商売っけを完全に放棄しているヒダカさんが言う、お客さんだから当然だ、の言葉が心地よい。そして、僕の畑の横の草を草刈機で刈ってくれた。僕がカボチャのツルの下に麦わらを敷きたいとわかっているからだと思う。そうやって、僕がやろうとしていることの先のことを黙ってやるヒダカさんには時間がどうやって感じられているんだろうと思った。刈り終わったところにライ麦わらを敷いた。残りの麦わらはすべてヒダカさんにあげた。何よりも嬉しそうなヒダカさん。ピーマンの畝に敷き詰めていた。

シミズさん夫婦がやってきた。シミズさんの奥さんがすぐに近寄ってくる。

「坂口さん、展覧会見に行きましたよ！」

熊本市現代美術館でやっている僕の展覧会の招待券を、いつも収穫した野菜をくれるシミズさんにあげていたのだ。

「あなた、本も書いて、絵も描いて、ギターも作って、セーターも編んで、織物もやって、一体何者なのよ〜」

「いやあ」

自分が何者かうまく説明できないが、畑仲間には、畑の仕事っぷりがすべてなので、色々と説明する必要がなくて、気が楽だ。

「新聞も読んだわよ。あの挿絵、畑からの眺めでしょ。野菜もしっかり育ってすごいじゃないの！」

シミズ夫妻もすぐに麦わらに気づいた。

「これどうしたの？」

「読者の人が持ってきてくれたんですよ」

「麦わらがあれば、蔓性の野菜もできますねえ」

シミズさんの旦那さんが僕の畑にやってきて、しみじみと見ながら言った。

「来年は、麦わらを共同購入させてもらおう」

ヒダカさんが言った。

「あ、いいですね！」

シミズさんの奥さんが手を叩いている。

「育てるのが大変なことは知ってるから、購入したいって言っといてくれ」

ヒダカさんはいつも気遣う。

「坂口さんのところの畑、素晴らしいですねえ」

寡黙なシミズさんの旦那さんが畑に近づいて、僕の竹棚、編んだ網、そして作物たちをじっと眺めながらそう言った。

なんだこの仲間たちは。部活動のような、でもそれ以上の豊かな関係。僕は畑をやって本当によかったなと一人でじーんとした。そして、ここでもまたヒダカさんの時間感覚が気になった。麦わらを見た途端に、頭はすぐに来年の麦摘みの時期のことに向かっているのである。来年のことなのに、ヒダカさんが話すと、未来の話に聞こえない。と同時に、畝から顔を出すトマトやじゃがいものことを考えると、突然、畑に過去はあるのかという疑問も頭に浮かんだ。野菜は過ぎ去らない。種はじっと待っている。種はいつも現在だ。僕たちには時間が生まれる。待ち遠しくなる。でも、種はそうじゃない。僕たちの記憶からも消え去る。ずっと前の種。でも、それはいつも今の種。畑をやっていると時間の感覚が変化していることに気づくことができる。畑をはじめた頃と今では全く時間の感じ方が違うのだ。僕とヒダカさんでも時間の感覚が違う。

ベルクソンは「生の弾み《エラン・ヴィタル》」と言った。僕も同じように今、弾みを感じている。トマトの芽、スイカの蔓、雑草コウブシの弾む葉の曲線、どれも弾んでいる。植物たちは常に「どこへ」と方向を窺っている。まっすぐ、そして曲がり、なんでそんなところへという方向へ道を見つけ出していく。微かな手がかりだろうが、メロンのツルはその細長いクルクルを伸ばし、摑み、力をさらに「どこか」へ引っ張り出していく。この植物たちの「弾み」に毎日触れているからこそ、僕は待ち遠しさから解放されていった。何かになる、実る前のこの弾みに目を向ける。その瞬間の観察が、面白いと気づいた。しかもその後に必ず実りがやってくる。植物の動き、植物を見る僕の動き、その横にいるヒダカさんの動き。いくつもの動きが、時間を忘れさせる。それが創造である。新しいものを作り出すということ。その「生の弾み」の真っ只中に身を置くこと。

生命一般は動きそのものである。生命の発露した個々の形態はこの動きをしぶしぶ受け取るにすぎず、絶えずそれに遅れている。動きは常に前進するのに、個々の形態はその場で足踏みしていたがる。進化一般はできる限り直進的に進もうとし、各々の特殊な進化過程はいずれも円を描く。生物は一陣の風に巻き上げられたホコリからなる渦のようなもので、生命の大いなる息吹の中に浮かんだまま、ぐるぐると回転している。

ベルクソン『創造的進化』

まさにそれだ、というものが畑にある。そこに僕は今、いるのだ。動きの中に。一つの弾みとして。

7

２０２０年６月８日、畑45日目。

午前中、原稿を15枚書き、その後、買ったばかりのコーラル色のリネンでショートパンツを作り始める。セーターの時もそうだったが、慣れている間にさっと次の作品を作ると、しっかり体に残るので、もう忘れない。一回だけだと忘れるが、二回やると忘れない。なので、すぐ次を作る。最近は、次作ることしか考えていない。それもツルが腐っても、次の芽を生やすことしか考えていない植物的になっているのか、元々僕はそうだったが、最近はそれが根なし草でないとわかる。植物の動きを見ていたら、自分のことだと思って勉強になっている。それまで僕は自分のことをよく根なし草だと言っていたが、今はそんな風には思わない。僕には根っこがあって、地下茎があって、どこかが腐っても気にせず、土の中をウロウロする。転移する。瞬間移動する。どれも魔法じゃない。これは土の中の出来事だ。僕の内面もそのように見ている。

土を触りながら、僕は自分の中の言葉にならないもの、聞こえにくい声にも耳を傾けることができているんじゃないかと思う。それが安心につながっているんだと思う。次を作ればいいってことは、過去を振り返らずに、それでも過去をすべて受け入れることだ。過去に向かうために、次を作っているところもある。でも振り返らない。次を作ると、今の中で未来と過去が重なり合う。ヒダカさんは来年の今頃のことを、まるで明日のように言う。どこかが同じなのかもしれない。ヒダカさんはいつも僕のことを「おれとは違う」と言うのだが。僕には同じ志を持った人間に思えるよ、といつも黙って伝えているつもりだ。

ショートパンツは少し、雑というか、もう少しゆっくり作ればいいんだろうけど、毎回やり直したりするのがめんどくさいので、どんどん進めてしまう。でもこういうやり方でもいい。畑はそんなふうに今はしないかもしれない。ヒダカさんからも「本当に君はせっかちなのか」と不思議なことを聞かれた。そうは見えていないんだと思う。「野菜と付き合いはじめたからだな。時間の待ち方がよくわかってきたんじゃないか」とヒダカさんは僕に言った。愛弟子というのか、僕はヒダカさんの娘さんと同い年らしいので、子供みたいにも思っているんだろうか。でも、常にヒダカさんからは僕に対する尊敬を感じる。そう感じるってことはすごいことなんじゃないかと思う。畑をはじめたばかりの人間が、ずっと畑をやっている人から尊敬されているなんて、そんなふうに育ててもらったことはない。そうやって育てたらどんどん伸びるはずだ。僕は無言のヒダカさんにスクスク育ててもらっているんだろう。

裁縫を終えると、すぐにアトリエへ向かった。今日は畑でこの前見つけた白い花の絵を描こうと決めていたからだ。こうやってなんの絵を描こうと朝から決めて、楽しみすぎて、すぐにアトリエに向かうなんてことはこれまで一度もやったことがない。僕はこれまで何かを見て絵を描くということをしたことがなかったからだ。それは小さい時からずっと。僕は自分の内側の風景ばかり描いてきた。もちろんそれも大事な作業だったと思うが、今は外へ目線を向けている。自分が感動した風景を描こうと思っている。描きたいからだ。描きたいものを僕は初めて見つけたんだと思う。それが家の近所だったとは驚くが、そうやって今、僕は風景を発見している。きっかけになったのはやはり今のこの毎日通っている畑までの道だ。初めて花岡山の裏から井芹川に入って、ヒダカさんの畑を見に行った時に感じた風景の広がりが僕の中で今もみずみずしく残っている。育っている。ツルを伸ばして、地面の上を這っている。芽はピンと弾んで、太陽を目指している。

ふと、数年前、スイスのドルナッハで見たルドルフ・シュタイナーの本物のスケッチを思い出した。芽が伸びていく過程を観察したスケッチだった。それを見て、すごく感動したのだが、なぜ感動したのかよくわかっていなかった。畑をやっている今ならわかる。また記憶の種が芽を出した。気づくのが遅すぎたなんて思わない。いつからはじめても遅くない、という言葉を聞いて、昔はよく途方に暮れていたが今はそんなことはない。畑と出会えてほっとしている。それくらい僕は自然と触れ合ってこなかったことが、これまで辛かったのだ。でもようやく自分が歩きたい道を歩いているような気がする。なんでもへっちゃらだと素直に思っている。今はいつからはじめても遅くない、と体感している。パステルだって、今からはじめればいい。毎日やれば一ヶ月でとんでもなく成長するのだ。パステルは畑をはじめてから描いているので、まだ40日も経っていないはずだ。でも、僕は畑と同様、このパステルに対しても、ようやく自分の媒介を見つけたと喜んでいる。

畑の花の絵と阿蘇で見た田んぼに映る山の絵を描いた。どちらも最近、僕が感動した視線だ。外の景色だ。新しく風景を発見した僕は、これから歩くたびに、生まれて初めて世界を見る赤ん坊のような気持ちで見るんじゃないかと思うと、なんかびっくりした。

いつものように絵の写真を旅人に送った。旅人は東京・虎ノ門でギャラリーをやっている男で、僕の絵を毎日、観察してくれる人だ。

「光が細かくうねりながら近づいたり遠ざかったりしてるね」

旅人は僕の躁鬱の波が落ち着くきっかけになった一人である。旅人は伊豆にいるらしく、気持ちの良い海の写真を送ってきた。今日は陶芸家のアトリエにお邪魔してるらしい。渡辺隆之さんという陶芸家だ。どういう土を使っているのか教えて欲しいと旅人に伝えると、FaceTimeがかかってきた。渡辺さんが直接教えてくれた。渡辺さんは陶芸用の精製された粘土ではなくそのへんの土を使う作家だ。顔を見ると、見たことがある。そういえば前回の個展会場に遊びにきてくれた人だった。久しぶりの再会を喜び、土について聞くと「大塚古墳の土なんですよ」と彼は言った。古墳の土とは驚いた。

「古墳があるってことは、その辺りで土器を作っていたわけなんです。だから、その周辺の粘土は陶芸に向いてるんですね」

「釉薬《ゆうやく》とかはかけてるんですか？」

「何にもしない。土を掘ってただ成形するだけ。ろくろも使わず削るだけ」

僕も最近、陶芸をやっていて、ろくろをうまく使えずに、削って形を整えていたのでピンときた。

「なるほど。釉薬もかけずに、あれはどうやって黒くなるんですか？」

「僕は薪窯《まきがま》でやってるよ。素焼きもせずに、乾燥した土器をそのまま１２５０度で一気に本焼きしちゃう」

「へえ、そんなやり方が」

で、僕は思い出したのである。そういえば、畑の裏の権現山で千金甲古墳を見つけたことを。

「畑の近くにも古墳があります」

「それじゃ、きっといい土があるよ」

「畑の土でもできますかね？」

「どんな土でもできるよ」

畑の土で陶芸かあ。また新しい世界が開けそうだ。

そんなわけでアトリエを出てすぐに畑へ向かった。

畑に到着すると、待ち受けているのはノラジョーンズ。もう何時だろうと、僕がやってくると、車の音を聞いているからか、どこかから走ってやってくる。そしてお決まりの車の下にまで近づいてきて、僕が気づくまで鳴く。畑に行く前に後部座席を開けると、もう安心したのかノラジョーンズは餌をもらういつもの場所に戻った。今日は、ずっと触らせてくれた。少し嫌そうな顔をしているが、それでも体を僕の手に押し付けてくる。また少し仲が良くなったかもしれない。最近は、満腹になっても、しばらくは立ち去らずに、僕に向かって鳴いたり、近づいてきたりする。かわいいやつだ。僕が今、毎日の生活で一番はじめに肌に触れる生き物である。

ヒダカさんが今日もまたすぐ近づいてきた。

「麦わら大正解だったなあ」

そう言いながら、ヒダカさんは僕の畑のカボチャの実を指さした。麦わらの上で気持ちよさそうに転がっている。

「確かに、なんだか気持ちよさそうですね」

「こりゃ野菜が喜んどるわい」

ヒダカさんが一番嬉しそうに見える。人の畑がよくなったからと言って、こんなに喜ぶ人がいるだろうか。

「来年は、もっとたくさん欲しいって、伝えておきましたよ」

「そりゃ嬉しいな。本当に麦わらはすごいかもしれん」

「軽トラックで荷台いっぱい持ってきてくれるみたいです」

「来年が楽しみだ」

一応、1年ごとに契約を更新することになっているのだが、僕も来年もしっかりやることになっていて、それも嬉しかった。僕はヒダカさんが畑を貸すのを止めるまでずっと続けようとその時、思った。

「本当、カボチャもメロンも気持ちよさそうだ」

ヒダカさんは僕の畑で野菜たちをコロコロ触っては喜んでいる。

「え、これなんですか？」

最近、畑に仲間入りした近所のおばちゃんが声をかけてくれた。

「麦わらだよ。この人の知り合いが持ってきてくれたんだよ」

ヒダカさんが言った。

「やっぱりこういうツルものは麦わらがいるんですか？」

おばちゃんははじめたばかりでなんでも興味津々だ。ヒダカさんが色々と説明してあげている。

「麦わらじゃないといかんな、これからは」

ヒダカスタンダードが変わったようで、それが僕は嬉しかった。

「竹棚も全部手作りなんですよね？」

「はい、好きですか？」

「緑のプラスティックよりも気持ちよさそうですよね。ゴミにもならないし」

「この人は麻紐で網まで編んどるんよ」

ヒダカさんが僕のことを期待の新人的に紹介している感じが、部活のキャプテンっぽくて、笑った。笑ったけど、嬉しかった。

「簡単にできますよ。なんでも教えてますから、やってみたらいいですよ」

僕はそう伝え、おばちゃんは家に帰っていった。

「一流の畑になってきたなあ。まぎれもなく、あんたは百姓や」

二人になると、ヒダカさんがそう言った。僕は娘と息子が出したニューアルバムを手渡した。

「本当、あんたんとこはなんでもやっとるなあ」

僕はお礼にみたらし団子をもらった。ヒダカさんが麦わら一つで、ここまで喜んでくれていることが僕の心を充実させている。麦わらが入ってきただけで、これまでの畑がさらに一層、味わい深くなったというのか、顔が変わってきたことに僕自身もしっくりいった。これはセーターを編んでいる時にも起きたことだ。毎日、少しずつ継続し、成長させていくことで生まれる、いい土壌のような安定感、しっくりいく感じ。ちょっとやそっとのミスくらいでびくともしない、しなやかさと頑丈さを同時に持つ、豊かな場所。僕は躁鬱を落ち着かせるために、いろんなことをやってきたが、それは僕が欲していた場所に戻るための作業だったような気もする。畑がない、パステルがない生活は考えられない。ヒダカさんと知り合っていない時間をもう思い出すことが難しい。それくらい体にピタッと合っている。少しずつ手を加えていこう。毎日、観察していこう。日々手を加えることで、土壌はどんどん豊かになっていく。この感覚をいつか言葉にしたい。ギターを習いはじめて、いつからか、弾くのに苦労しなくなった時にも感じたことだ。単純に技術が向上した瞬間というだけでない、何か。これが成長ってことなのか。

今日はきゅうりと大葉、脇に生えているミントを摘んだ。写真家の石川直樹から「お前んとこのきゅうり見てるとまさに、たわわってやつだね」とメールがきた。たわわという言葉を僕は恥ずかしながら知らなかった。でも、いつからでも遅くない。たわわなきゅうりを描きたい。シュタイナーのことをまた思い出した。そして、ベルクソンの生の弾みのことも。

トマトが少し赤くなってきた。

「あと、1週間やな。君んとこのトマトは本当に形が綺麗。よく育てたよ」

褒めて伸ばすヒダカさんの教えに従って、僕はスクスクと成長しているような気がする。子供の時は毎日が成長だった。でもそのことにはなかなか自分では気づけない。今、大人になって畑をはじめて、僕はその毎日が成長だった幼い頃の経験を、今度は自覚症状を持ちながら、知覚しながら、味わっている感覚がある。毎日成長していると実感しながら生活を送るのは、とんでもない体験だと思う。

二人で僕の畝の草を適当にむしりながら、畑についてああでもないこうでもないと話す時間が今は一番好きだ。

8

2020年6月9日、畑46日目。

朝から原稿を書いて、そのまま昨日からはじめたショートパンツ作り。本当に二つ目を作ると、簡単にどんどんできる。まち針もせずに縫っていく。確かに綺麗に仕付けをすると、うまくいくんだろうな。次は仕付けもちゃんとやってみるかと思いつつ、どんどん僕はまち針もせずに縫っていく。ミシンで好きに前に行ったり、後ろに行ったりしながら、縫っていくのが、鉛筆でドローイングを描いている時や、銅版に金具で傷をつけてドライポイントをやっているのに近い。一筆書きでやっていく。もともとはドローイングだったはずだ、僕の作業は。紙に鉛筆で、文字を描いたり、線を描いたり、小さい時から、コピー用紙さえあればなんでもできた。絵も文字も形も色もいろいろ詰め込んで、南方熊楠のメモじゃないけど、上下も縦横も無視して、頭の中のことを好きに描いていた。そのトンネルを抜けると、目の前に世界があった。目に見えている世界に今は焦点が合っているが、しかし、僕の場合はまず抽象の世界、というか具体的な頭の中の世界があった。そこを抜けて、今、風景を見ている。土を見ている。土を見ながら、僕は土の中を見ている。風景の色を見ながら、その青の向こうの紫を見ている。奥行きはそうやって生まれる。絵を描く時も、考える時も、僕にとっての奥行きはいつも具体的だ。そのための適当だと思っている。適当になんでもやる。ミシンでも適当だ。適当にやるって、一気に、立体的にやるってことでもあるので、僕にとってこの「適当にやる」作業は奥行きにつながるような気がするが、適当に今、考えて書いているだけだ。

そんなわけですぐにショートパンツが出来上がった。珊瑚色のかわいいパンツだ。穿き心地もいい感じ。僕は型紙をくれた友人のシミにメールした。シミはもともとコムデギャルソンでパタンナーをやっていて、今はWELLDERというブランドのデザイナーだ。縫製がうまくなってる、とのこと。いやいや、ミシンの縫い方が無茶苦茶だよと写真を送ると、それがいい、と言った。いつもみんな僕に、僕の適当なところがいい、と言ってくれるので、僕は素直にそのまま受け取っている。本の装丁をしているデザイナーのミネちゃんに最近のパステル画を送った。僕は普段ほとんど人と会わないが、このように自分の作品を送って、作品を通して人と対話している。だから多くが電話だ。よく考えたら、実際に毎日会う人って、ヒダカさんくらいだなと思った。ミネちゃんは「毎回、変化し続けてるのに、恭平くんが作ったってのがどれもすぐわかる」と言った。「野菜もどこかしら、お前に似ている」とは絵をいつも送りつける旅人が言った言葉だ。ノラジョーンズですら似てるなと言った。夫婦の顔が似てくる、あれと同じような感じなのか。確かにそれは僕も感じるのである。僕が作ったセーター、革靴、織物、絵、ガラスの器、陶器、どれもこれもなんだか、僕の手の跡が残っているからか、それは当然でもあるんだけど、僕に似ている。僕が作ったとわかる。それはなんなんだろうと考えるが、それがいつもわからないし、新作はいつも違う自分の姿があらわになるわけで、それが楽しみだし、でも出てきたら、いつも僕に似ている。それが一体何か知りたいなと思った。自分で作った物を着ると楽しい。そして畑もまた、僕に似ているのかもしれない。

今日は景色を見たいと思って、江津湖《えづこ》に向かった。畑と出会う前、僕にとって治療の場所だった。今は畑に毎日行くから、行く回数は減っていて、久しぶりに行ったらやっぱり気持ちよかった。今日は夏の空。いくつか歌の断片みたいなものが頭の中でコロコロと転がって、音を立てて反響をしている。でも、それを捕まえて、歌にはしなかった。そうやって、実は毎秒生きていながら、いくつも形になっていない、新しいものが浮かんでは消えていく。昔は、それを捕まえたくて、落ち着かなかったが、今は、簡単に手放す。それも種みたいに消えないとわかってきたから。頭の中は土なのだ。浮かんでは消えていくわけではない。浮かぶだけだ。僕はその存在に気づかないままかもしれないが、土壌にはなっていく。そうやってミミズの糞のような僕の微かなアウトプットの塊が、頭の中に充満していると思うと、畑をやってよかったなと思った。自分の状態を、別の地図で表せるようになった。体感を交えての地図である。歩ける地図。それを今、獲得しているような実感がある。だから今日もいくつも想起したことがあったが、特にメモも取らずに、土の中で熟成させればいいと放っておいた。

江津湖の風景をいくつか写真に撮った。パステル画にしたいと思う風景に出会った。絵を描く前に何を描こうと考えたことが、これまで一度もなかったことが今では驚きだ。一体、僕は何を描こうとしていたんだろう。何を、ではなかった。頭の中に浮かぶ小さな気泡のようなこと、いろ、かたち、をそのまま紙の上に定着させようとしていた。それはある意味では、土を作っているいろんな微生物、ウイルス、虫、それらの死骸、落ち葉、根っこ、地下茎、石、粘土のことを描いていたのではないか。セザンヌは山を描いている時に、山が地面から隆起した時をイメージしているってこと、空に押し潰されそうな山が押し上げている、重力に逆らって上に伸びていく力を描こうとしていた。セザンヌやモネ、外へ出て写生している画家の顔が頭に浮かんだ。熊本にも毎日外に出て、クレヨンで風景画を描き続けた江上茂雄という画家がいた。何かがつながっている。それが何かなんて考える必要がなくなった。全て土の中、土の中にあるものだけが地面の外に出てくる。重力に逆らって、新しい生き物として現れる。ここで生きている僕の考えていること、見ていること、聞いていることが全て、感じている微かな想起も全て僕の次の作品にあらわれる。そう思えていることが不思議でもある。僕は死にたいと思っていたんだから。今はそう思っていない。そして、今、この時を逃さないとも思っていない。それは途切れることなく、ずっと体の中にある。そのイメージを得たのは非常に大きなことだと思う。

アトリエへ行く。今日は去年の江津湖で撮った写真をもとにして、水の表現に取り組む。力がどんどん抜けていく。背景に何色を塗るか、すぐに感じるままにできるようになってきた。絵を描くという動きそのものが、僕の感じていることをそのままに表すための道具だ。パステルが道具ではなく、パステルをそうやって動かす手の動きも含めて、これが僕の道具だ。蔓のようにどこまでも伸びていこうと思う。壁なんかあってもないようなもんだと思えることの、なんという勇気。僕はそれを人に伝えたいと思った。今なら恐れるなと口で言わずに、パステルで絵を描いて、畑に手を伸ばす。

今、僕は自分なりの描き方を見つけた。誰の真似でもないと感じている。２０１６年から毎日休まず絵を描いてきた。なんで絵なんか描いてるのと言われたりもした。でも今はヒダカさんから「絵を買いたい、あの小島の夕日の絵を」と言われた。描いてきてよかった。続けてきてよかった。そして、死ぬまで描いていきたいと思う。畑までの道を車で走る中、このパステル画の描き方を見つけた。畑がなかったら、今、その絵もないし、描き方もない。だから、土から僕はやっぱり始まったんだと思う。

今日は陶芸用の土を掘りに行こうと思って、陶芸家の友人夫婦と一緒に車で畑の近くの千金甲古墳へ向かった。古墳の近くに登窯があると知って、友人に見せたいと思ったからだ。

登窯は古墳の目と鼻の先、古墳の中と言ってもいい場所にあった。中に入ると、大きな窯がやっぱりあった。陶芸家がここに住んでいたんだ。近くを通りかかったバイクに乗ったおっちゃんに聞いてみると、岩本さんという陶芸家がここにいたそうだ。奥さんはまだご存命で、彼女も陶芸家らしい。おそらくそのうちに会うことになるのではないか。畑のある町は古墳の町でもある。

何かそれがまた新しいことをひっぱり出してきそうだ。車でいろいろ細い道を探索してたら、なんと途中で車が脱輪した。側溝にはまり込んで出られない。山の奥でそうなってしまって、どうしたもんかと思って、電話で助けを呼べるのは、やっぱりヒダカさんしかいない。

ヒダカさんの家の裏手らしく、すぐにきてくれた。しかも脱輪した前に家が一軒、なんでこんなところにっていう山の中に建っていたのだが、そこから一人おじさんも出てきた。おじさんは世捨て人らしい。誰にも会わずにここで蜜柑を作って暮らしているとのこと。ヒダカさんがやってくると、そのおじさんが「あんたの知り合いか、助けに来たんか」とヒダカさんに僕のことを聞いた。ヒダカさんが「仲間ですから」と言ってくれたことがなんだかほっとして嬉しくて、みんなで必死になって、側溝に材木を突き刺して、坂を作って、僕がアクセルを踏んで、一時間後、ようやく救出された。なんてこったい。

畑へ行くも、疲れて畑作業に集中できなかった。でもトマトはさらに赤くなっていて、メロンもカボチャもスイカも大きくなっていた。ノラジョーンズにも餌を手に取って渡すことができず辛かった。今、何か用事があって、畑に長くいれないと辛いんだということがわかった。やっぱり畑には一人で、ゆっくり余裕を持って、行こうと思った。なんでも経験だ。明日が待ち遠しい。

今日は久々にたくさん人と関わった。こんな日があっても楽しい。でも、基本は一人で（ヒダカさんというヒトという動物とは会うけど）畑でゆっくり過ごしたいと思った一日だった。つみたてのきゅうりと大葉は友人にあげた。人に収穫をしたものをあげるのは、自分で食べるのとほぼ同じくらいの栄養源になるなと思った。あんまり人に会わない生活と、人に会った時にたくさん収穫したものをあげる生活。それは作品を作る時の僕の生活と、しっかり絡み合っていくんだろう。

9

２０２０年6月10日、畑47日目。

朝から原稿を書いて、加納鍼灸院へ。ここに僕は15歳の時から通っている。今は二週間に一度に体を診てもらっている。ヘルニアで大変だったが、それもここで治した。手術なんかしなくていい、ヘルニアも体の凝り、それが酷くなっているものだから、ちゃんとケアすれば自然と治ると言われて、３ヶ月はかかったが、それでも自然と治った。僕のかかりつけ医のようなものだ。躁鬱の状態を聞くと、大丈夫だと一言。先生は躁鬱を診る時にいつも腰を観察しているようだ。僕の体を見ながら、鬱になる時は必ず腰が悪くなっている時だと教えてくれた。今は腰がかなり調子がいいようだ。2月にヘルニアになったとは思えないくらい、確かに体は動けている。腰も痛くない。それは座って執筆することを完全にやめたからでもある。今、僕は立って、執筆している。やる前は立って書けるはずがないと思っていたが、立って書くと、全身で書けるので、そして体を動かしながら、そのまま執筆に入れるので、僕にとってはかなりいいみたい。書いていて、一瞬たりとも腰の痛みを感じないってのが、初めてで、それだけでもすごい。そして、ちゃんと疲れるので、ずっと馬鹿みたいに書いていたいとも思わない。さっと、その日に必要な分だけ書いて、あとはパソコンを閉じるようになった。

僕は精神科の病院に２００９年から月に一度、もう10年以上も通っていたのだが、畑をはじめてから、それを全てやめた。服薬自体も完全にやめた。いろんなことを試してきたが、効果があまりなかった。躁鬱の波はどうやっても収まることがなかった。それが畑をはじめて土に触れた途端、体が楽になった。というか、土から離されていたから、バランスを崩していただけだったのかもしれないと思った。土にずっと触れていたのは、中学生くらいまでじゃないか。それまでは確かに躁鬱の波は起きていなかった。もしかしたら、あらゆる精神病はこの土から離されていることから来ているのではないか。そんな話を先生とした。僕が次に興味がある分野はまさにこの医療、医術で、僕の体の先生にさらにもっと教えてもらいたいと思っていることも伝えた。鍼灸の歴史は古いが、識字率が低かった頃の時代の書物の大半は、本質的なことが書いているのではなく、王のために書いていることが多く、記述に間違いが多いと先生は言っている。だから、経験した人から直接習っていくしかない、と。僕は免許がないので、鍼《はり》は使えないけど、爪楊枝でやればいいと教えてくれたのも先生だ。

今日は牛の胆石、つまり牛黄《ごおう》についていろいろ教えてもらう。ぎっくり腰は、ヘルニアにも近いが、あれは腰の病気ではないと言う。そうではなくて、疲れがたまりすぎていて、体がそれ以上動くことを拒否して、横にさせようとする運動なのだ、と。確かにヘルニアもそうだった。必要なのは休養だった。そして、腰が悪くなっているってことは、心臓が疲れている時だと先生は言う。だからこそ、ぎっくり腰になった時に効くのは、救心などの心臓に効く和漢薬だと言う。救心に入っているのが牛黄である。塩分についても教わる。塩分控えめと言うが、人間には塩分が本当に必要で、海から生まれてきたんだから当然でしょと言っていた。先生によると、偏頭痛も一種の風邪なんだと言う。つまり冷えから来ていると。それに肩こりが加わったような感じ、か。首の後ろを温めることが大事。「とは言っても、体は変化する。変化するってことを知らないといけない」と先生。もっと勉強していきたい。そして、野生の医者になりたい。

アトリエへ。今日は蛍を見に行った時の夜の景色を描いてみた。光と影が少しずつうまく表現できるようになっている。躁と鬱が、光と影に移り変わり、それだとどちらもが風景の中でなくてはならない要素になる。パステル画もまた、畑を始めたことと同じように僕の健康につながっているんだと思う。

そして、畑へ。今日はまずはヒダカさんに昨日助けてくれてありがとうとお礼を言いに行った。ヒダカさんはいつも通りの顔。最近はこの人としか会ってない気がするし、ヒダカさんと会うと、やっぱりほっとする。すると、すぐに猫の鳴き声が。ノラジョーンズも今や完全に懐いており、早くご飯頂戴、昨日は友達と遊んでたから全然世話しなかったよな、みたいな顔をしているので、しばらく撫でて、餌をあげた。

水撒きに迷っている時は、ヒダカさんに聞く。

「今日は撒かなくてもいいと思うよ。夜9時に雨が降るから」

ヒダカさんの天気予報はいつも完璧に当たる。

「どうやって調べてるんですか？」

「ただ気象庁の天気図見てるだけだよ」

「天気図も見られるんですね」

「天気図が見られなくて、農機具が売れるわけないでしょ。明日雨が降る時に、農機具買わんだろ」

ヒダカさんはもともと農機具メーカーのサラリーマンだった。機械をいくつか自分で設計までしていると言う。

水を撒くのはほどほどにしておいた。まだ過保護なところがあるから、乾いていたら、夜、雨が降るとわかっていてもついついちょっと水を撒いてしまう。種を撒いておいた、ササゲ、オクラ、唐辛子たちの芽がでていたので、彼らだけにはしっかりと水をあげておいた。あと、摘んだトマトの枝を挿しているところにも。小松菜、人参の芽もしっかりと育っている。枝豆も順調だ。麦わらを敷いてから、本当に畑の調子がすこぶるいい。その違いがはっきりと体感できる。カボチャはさらに丸々大きくなっていた。メロンも。スイカもかなり大きくなって、ヒダカさんからも「うまそうだな」と言われた。

「君のところの野菜はうまそうだ」

僕が畑を見ている時、いつもヒダカさんがすぐに近寄ってきて、一緒に野菜の育ちを見てくれることが嬉しいし、面白い。

「君が編んだ網に、雀がよく止まってるよ。居心地いいんだろなあ」

そう言って、スイカ棚に張っている麻紐の網をヒダカさんが指で摘んでいる。

「えっ、そうなんですか。見たことがないです」

でも確かに近くによく鳥が歩くようになったなとは思っていた。ヒダカさんはそういう細かい変化も、人の畑なのに、よく見てくれている。この前はヒヨドリが歩いていた。

「やっぱり、この網がいいんだろうなあ。鳥にとっても」

自分の仕事が、人間ではなく、人間以外の生き物に、何か影響を与えているってことが嬉しい。そんな経験がこれまで一度もなかったから。今、畑で僕はこれまで考えてこなかったことばかり考えている。しかも、うーんと考え込んでいるわけじゃない。ただ歩いて、腰を下ろして、視線をぐっと野菜に近づけているだけだ。僕よりも僕の畑をよく観察してくれているヒダカさんがいるから、素直に自然と考えられる。考えるって行為も、そうやって人から学べるんだと実感している。僕は今、ヒダカさんにずっとくっついて、いろんなことを学んでいる。本では得ることができない。当然のことだが、自分で経験していると、それが当然ではなく、貴重な人との出会い、とのの出会い、植物との出会い、猫との鳥との虫との出会いであると気づく。ヒダカさんは人間以外の生き物との出会いの入り口に立ってくれている。蜂もいる。僕の畑に来る蝶々はもう僕が来ても逃げなくなった。僕が襲わない、むしろ、来てくれて嬉しがっていることを蝶々も知覚してくれているような気がする。

「トマトも赤くなりました！」

今日、初めて、トマトが赤いと感じた。これまた嬉しいことだ。ヒダカさんは草刈りをしていたが、機械を止めて来てくれた。

「うまそうやな」

ヒダカさんは笑顔でそう言った。

「あと2日ですかね？」

僕もあと何日で採れるかってことがなんとなく体で感じられるようになっている気がする。

「そうやな。今、摘んで1日置いてたら赤くなると思うけど、やっぱりここでしっかり完熟させて摘んだ方が甘い」

人の言うことを聞かなかった僕が、畑ではひとまずすべて聞き入れている。なぜなら畑で言われることが、ほとんど的確に当たっているからだ。すべて経験した生の声、的確な教えだからだ。僕は今、教えを受けているんだ、となんだかびっくりした。

今日は、大葉とピーマンを収穫した。ミントも持って帰ることにした。

「陶芸用に土を持って帰ってもいいですか？」

僕はヒダカさんに聞いてみた。

「いいよ。あの角の土が粘土質だったからあそこがいいんじゃないかな」

「ありがとうございます」

うまくいくかわからないけど、畑の土を持って帰ってみることにした。水をかけて、漉して、天日干ししたら、陶芸用の粘土になるかもしれない。やるだけやってみよう。土の上ではなんでもできる。それは当然のことなのに、僕たちは忘れている。

畑をやってわかったことは、僕たちが土から離されているということ。それは意図的に離されている。つまり、政治的に離されている。誰かの陰謀ではない、それが都市で、それが今の経済ということだ。だからこそ、僕たちは政治的に土に戻る必要があるのではないか。自然回帰なんて言ってられない。意識して両手を畝の中に突っ込まないといけない。しかも、そこには次の経済圏があることに僕は気づいた。僕は畑をして、ほとんどスーパーに顔を出していない。もちろん買い物はまだしなくちゃいけないんだけど、食べ物を買うという行為がなくなるのかもしれないとも思った。不思議なことだ。同じ世界なのに、全く別の経済圏がそこにある。目の前にある。その上に今、立っている。本当に閃《ひらめ》きではじめた畑が、こんな全く別の世界の入り口だったとは想像もしなかった。土に触れたことで、僕はその世界に生きている、自分に気づいたような気がする。そこにもしっかりと僕は生きていた。もうすでにその僕は存在していた。でも自分自身で隠していた。なんのために隠していたのかすら今はもう考えることができない。そんなことよりも、突然戻ってきた僕にはたくさんの知りたいこと、触りたいことがあふれている。ヒダカさんと47日前までは赤の他人だったことが今では夢のようだ。気づいてくれてありがとう。ノラジョーンズが雀が蝶々がヒダカさんがアオキさんがシミズさんが雲仙が夕陽が、光と影となって、誰かの声じゃないが、何かの声が、土の上で混ざって響いている。僕もその主に感謝を伝えた。なんだろうこの感覚は。

そして、やっぱりヒダカさんの言う通り、夜9時に空を見上げると、暗い雲で覆われ、その後雨が降ってきた。

10

2020年6月11日、畑48日目。

朝から原稿を書いて、今日は敷物を作ることにした。使うのは使わなくなったベッドシーツと古着。適当に切って並べていく。インドのラリーキルトとか韓国のポジャギのようにしたい。と思って、とにかく思い立ったら、さっと一つ試作品を作ってみる。僕はプロトタイプってのが好きだ。イサムノグチの椅子やコルビュジエの椅子もプロトタイプが好きで、製品化されているのは好きじゃない。好きなことをそのままずっとやった方がいいので、僕は延々とプロトタイプばかり作り続けているってことだと思う。７月に旅人のギャラリーでパステル画の個展をすることになり、その時に、僕が作った湯呑みとティーポットを使って、畑のミントティーを煎れてあげるお茶会をやろうかと考えたからだ。何かをやろうとすると、その道具が必要になる。茶道具は揃っているが、みんなで座って飲むための敷物が必要だ。だから作ることにした。何かをやろうとすると、いつも作るものが生まれる。旅人に連絡し、どんな敷物がいいか、自分で作ってみた物を見せると「泥染をしてみたらどうかね？」と。

泥染とは奄美だけで発展した独自の土を使った染め方。奄美に金井工芸という染め工房があるという。さっそく紹介してもらった金井くんに連絡してみる。

「畑の土で染めた方が面白いですよ。自分でやってみたらいいと思います。奄美では車輪梅という植物の染料を使って、まず染めて、その植物が土の鉄分に反応してまた変色するんです、それを利用して泥染をするんですよ。やり方教えますから、自分でやってみた方がいいですよ」

と金井くん。気持ちの良い人だった。材料を送ってくれるとのこと。

その後、今日も額装屋に行った。２枚のパステル画の額装が完成していた。とてもいい感じだ。パステル画は初めて、全ての絵を額装してみることにした。それだけで30万円以上かかるのだが、それくらいかけてもいいやと思えたからやってみるし、それくらいの作品ができたと自分でも自信を感じているんだと思う。自分の作品でそこまで自信を持てたのは初めてだ。それくらいパステルを描くことが自分の体に合っている。畑は僕の畑以外の生活の潤いを生み出しはじめている。すごいことだ。

その後、アトリエへ。今日はまず、昨日採取した畑の土を早速使って陶芸をしてみることにした。この落ち着きのなさ。すぐにやりたい。待つことができるようになってきた僕ではあるが、自分の作品に関しては、やっぱりすぐ取り掛かってみたい。土に水を入れて、漉して、天日干ししてと工程を調べたのだが、これもまた本やネットの情報ではなく、自分の感覚でやってみようと思った。まずは匂った。その途端に、僕はふと土を食べたくなった。人間は4000年も前から土を食べてきたらしい。動物だって土を食べる。そうやって胃酸を整え、腸内に膜をはるようだ。微生物を食べるってことでもあるんだろう。その時、僕が今、毎日畑に行って皮膚で土に触れているから、僕の体の中には今、この畑の中にいる微生物たちがわんさか育っているはずだ。皮膚の外側からも入ってきているのかもしれないし、僕の体の外側内側に今、畑の微生物たちがずっといてくれてると思うと、さらに安心な気持ちになる。

つい土を舐めてみた。いつも陶芸で使ってる土の香りに似ている。この土は使えるのかもしれない。手を動かして、感覚を起動して試せばどうにか自分の思うとおりにできる。うまくできるかわからないけど、自分なりの方法でできる。それは僕という微生物が入り込んだ作品だ。だからどこか似るんだ。つまり、僕は僕の中の微生物の菌やウイルスに似ているんだ。それらの集合体、常に移り変わるものが僕なのだから。

水を混ぜながら、土をこねる。パンを作っている時を思い浮かべた。あれにも似てる。じゃあ土は小麦粉みたいなもんか。畑も作れるし、そこからは野菜が育つし、陶芸もできるし、泥染もできる。土、すごいなあ。なんだってここから生まれてくる。僕もここから生まれて、そして最後は土になる。死ぬ。死んでも僕は死なないで、土の中で生きる。

土をこねていると、すぐ声が聞こえてくる。そろそろ形にしてもいいよ、形が見えてきたでしょって聞こえてくる。僕は湯呑みと大皿と大鉢を作ることにした。そして、すぐにできた。天日干しなんか必要がなかった。水だけでできた。早く焼いてみたい。このあとはゆっくり時間をかけていくのが最近は好きだ。

パステル画も描いた。今日は江津湖の絵を2枚。楽しかった。江津湖はもっと探求していきたい。水面の表現を鍛えるために江津湖はきっととても素晴らしい実験場になる。家の近くにこんな絵の題材があるとは思わなかった。ドイツの「シュミンケ」という高級パステルをとうとう買ってみた。80色入り。やり始めた時に買いたいと思っていたが、すぐ飽きるかもしれないからと我慢していたのだ。もう68枚になる。パステルは飽きないと思う。だから買うことにした。さらに本腰が入ると思う。画材を買ってこんな嬉しいと思ったことはない。さらにいつも使っているファーバーカステルのパステル80色も購入。やる気のようだ。

そして畑へ。もちろんノラジョーンズが待っていて、今日もなんかすごく懐いている。体をずっと触らせてくれた。ノラジョーンズの微生物も僕の体の中に。ぺろっと指をなめた。動物には「医者」が存在しない。これはとても興味深いことだ。病気を治すのではなく、健康の感触を取り戻す。この健康「感」のことについて絶えず注意しておくこと。躁鬱が落ち着いてきた僕が最近、いつも感じることだ。猫も自分でイネ科の草を食べることで、胃腸を整えるそうだ。なんの植物を食べればいいか決めているわけではないという。そうではなく、毛のはえた植物なら、大体そんな薬効があると知っているというのだ。これはとても興味深い。一つの薬を知っているわけではなく、多機能な薬のことを知っている。多様ってことが大事なのではなく、自らが多機能でいること。それが混沌とした自然で生きる術《すべ》だと思う。自らの多機能性を伸ばさない限り、いつまでたっても自然は混沌としたままで飲み込まれてしまう。知識が必要なのではなく、これと決める必要もなく、柔軟性だけが重要である。いくつも持っていること。動物が利用する薬草の特徴である多機能的ってことは、僕の生きる術ともつながっているような気がする。

原因が何か、と突き詰めるのではない方法。自分がどう感じているか、ということに焦点を合わせること。

だから陶芸の方法だって、どんなやり方でもいいのである。自分が感じた方法であれば、自ずと作品が生まれる。

土も食べてみればいいのだ。食べたいと、感じたのだから。

「混ぜる」ということ。それが気になっている。僕の仕事はありとあらゆることが混ざっている。

思考も混ざっている。食べ物も畑で微生物が混ざっているものを食べている。そうやって自分なりの健康感を摑んでいく。体を調子が良かった頃に戻し、変化に常に対応する。畑をはじめて、僕は生き方自体が変化していることに気づく。

野菜は今日も元気だった。今日、季節は梅雨に入った。植物たちは嬉しそうだ。熱帯の気配がする。土と植物と外の空気が雨という膜で一緒くたになっている。それも絵にしたい。カボチャがまた大きくなっていた。スイカの写真を友人たちに送った。メロンも元気。きゅうりとピーマンと大葉を摘んだ。とうもろこしの実ができていた。

夕方から、偏頭痛がした。鍼の先生に教えてもらったように、首の後ろを温めてみた。風邪だから体を温める。するとすぐに引いた。畑をはじめて自分の体のケア自体もうまくなっているような気がする。

夜は後期セザンヌをくまなくみてた。モネの次はセザンヌ。セザンヌは自然をありのままに描くというよりも、自分が感じたままに、矛盾も組み入れて、描き込んだ。自然からは隔離されている。モネは自然と一体になる抑制された理性の絵だが、セザンヌは感覚の論理で描いている。僕にはおそらくそのどちらも必要だ。僕はまだひよっこなので、研究をしていく必要がある。セザンヌ、ドゥルーズ、そしてベルクソン、彼ら三者は自然が「動いている」「変化している」ことに着目している。自然を感知する人間自身も常に変化している。僕も畑を通じて感じていることだ。移り変わるのは僕の躁鬱の脳みそだけではない。世界自体が移り変わっているのである。

そのことに体が気づきはじめたから、僕の精神の波が今、凪《な》いでいるんだと思う。

11

2020年6月12日、畑49日目。

今日も朝から原稿。12枚書いた。5月に入って、椅子に座らずに立って書いているが、おかげで原稿が進んでいる。しかも、1秒も腰が痛くない。これは画期的なことなのではないだろうか。デザイナーの友人に教えてもらった。しかも、立って書くと、しばらく歩き回って、その勢いのまま、ズレることなく執筆に入ることができる。これからも僕は立って書いていきたい。書いているのに、腰が痛くないなんて、信じられない奇跡みたいな出来事なのだ。立って書くことで、体がどんどん引き締まっている。畑をはじめたことも影響していると思う。何よりも畑を始めて僕の食生活が一変した。今は僕が育てたものを中心に食べているし、畑をやっている仲間からもお裾分けしてもらうことも多い。野菜にはこの畑で育った微生物たちがいる。それをまた僕は口の中にいれる。家の生ゴミは土に食べてもらっている。畑では輪廻転生が毎日繰り返されている。僕はどんどん、自分が滅却されていくのを感じる。文字通り土になっているような気がする。それがとても心地いい。こういう喜びは初めて感じている。僕なりの健康が実現しているんじゃないか。きっと畑の土や土に住まうあらゆる生き物たちが僕の体に合っているんだろう。

「俺、死んだら、自分の遺骨、ヒダカさんの畑の自分の畝のところに撒きたいです。そして、俺が死んでも、微生物や菌はずっと生き残るから、死んでも、そこにいるんじゃないかと思って」

唐突だがヒダカさんに聞いてみた。

「それはできんな」

「土に良くないですか？」

「魚の骨ならまだいいんやけど。人骨はな」

畑で舞い上がっている僕をヒダカさんは冷静になだめた。

「目の前の有明海に撒けばいい。土だって人間だってもともとは海から来たんやから」

こんな話をしても、真剣に自分の畑の土のことを考えるヒダカさんが僕は大好きだ。

「今からお母ちゃんと美術館に行ってみようと思って」

なんとヒダカさんが、僕の作品が展示されている熊本市現代美術館に観に来てくれるというのだ。ヒダカさんは僕の仕事について興味津々で、いつも色々と聞いてくる。ヒダカさんの奥さんまで関心を持ってくれているとのこと。

「畑から見た夕陽の絵があったよな？」

突然、ヒダカさんは僕のパステル画について聞いてきた。

「あの絵がお母ちゃん好きなんやって。いくらくらいするんか？」

それだけで僕は嬉しい。僕はあの絵をヒダカさんとヒダカさんの奥さんに贈りたいと思う。それくらい嬉しいことだ。そして、今描いているパステル画がもしかしたら、ずっと遠くの人にまで届くんじゃないかという自信もくれた。一番その場所を知っている人が欲しいと思ってくれることほど嬉しいものはないし、それほど力を感じさせるものもない。なんか僕は体全身が喜んでいるのを感じた。

「じゃ待ってますね！」

そして、僕はすぐにアトリエへ向かった。

アトリエで昨日作った、畑の土の陶芸作品を観察した。そして、また舐めたくなって、舐めた。美味しい。味はしない。しないのか、墨のような味がする。何よりもその黒が綺麗で、パステルのダークグレイブラックみたいな色をしている。僕は今、色の見方が大きく変化していることに気づいている。僕は今ずっと、パステルの画材で目の前の風景をあらわせるかということばかり考えている。現実の方が僕の頭の中に入り込んできている。そんなことはもちろん初めてのことだ。

土を胡椒みたいにかけて今度食べてみよう、と思った。

乾燥した土を削って、成形をした。これはうまくいく。その確信を感じた。何度もこの感触を味わったことはあるが、今回は使っている素材が全て自分が持ってきたもので、自分の体を作っている微生物が暮らしているところからのもので、そんなことが確信につながっている。もちろんこれも初めてのことだ。これこそ僕が求めていた感覚で、どれも嘘がない、自分の周辺のもの、僕の周りで、僕の手と体とつながっているもの、これが今まで僕がなんでも自分で作ってきた根源じゃないかと、つい声を上げて喜んだ。

今、僕は自分がやろうとしている仕事の道が見えている。そのことの昂《たかぶ》り、でも心はずっと穏やかだ。僕はふと、

「これが幸せなんじゃないか」

と思った。そんなことを穏やかに感じたのもまた、初めてのことだ。

今、書いている本、そして、パステル画、そして、歌。僕の中でずっと積み上げてきたものが、ミミズのフンのように土壌を作り出し、さらに僕は自分が立って生きるその土と出会った。内面の土壌と外側の現実の土壌が一つになったような感覚がある。毎日、畑にいくのは祈りのようなものだと感じてはいたが、僕は本当に祈っているのかもしれない。まず何よりもヒダカさんに感謝である。そして、ヒダカさんが手塩にかけて育てたこの畑の土に感謝である。ヒダカさんは「土もまた海から来たんよ」と言うだろう。

今日もパステル画を2枚描いた。どちらも江津湖の絵だ。水面の練習を続けている。2枚ともいい感触だった。

いつも絵を見てくれている、僕の絵の師匠、芸術家の角田《ツノダ》さんに最近の絵を送ると、

「すごい暗闇だよ」

と返信が返ってきた。あの数日前の蛍の絵のことだ。自分なりに感触があったので嬉しかった。絵の値段のことなどを相談する。

「このパステルシリーズは、お客さんが拡大しそうな気がするよ」

角田さんの直感は絶対に外れないので、とてもありがたい反応だった。いつも周りの人に感謝である。僕はただそれを吸収し、もっといいものを作るだけだ。僕にとって生命線だった「つくる」という作業が、今や、畑を通過することで、生きるためのもの、自分の健康をつくる、僕は今、自分の人生をつくる、自分の時間と空間をつくる、そんなふうにツルのように伸びていくのを感じる。

油断せずに頑張ろうと思った。野菜のようにすくすく伸びていきたい。僕は今、生き物が成長するってことはこういうことなんだ、ってことを毎日目の当たりにしている。だからこそ自分の成長にも気づけるんだと思う。毎日休まず畑に来て良かった。毎日行きたいと思うような畑の土を作ってくれたヒダカさんに感謝したいし、秘蔵っ子として恥ずかしくないように、これからも毎日畑にいきたいと思う。

「おい」

意気込んでいたら、黙って、ヒダカさんがアトリエに入ってきた。僕は仕上がったばかりの江津湖の絵を見せた。

「いい絵だな」

ヒダカさんは畑の時と同じように隣に座った。

畑じゃ絶対しないのに、マスクをしている。遅れて奥さんも入ってきた。

奥さんはパステル画が本当に好きでいてくれているようで、保管している場所を教えたらずっと一人でパステル画を見ている。

僕はヒダカさんに畑の土の陶芸作品を見せた。僕はまた舐めた。

「うちの畑の土は口にしても問題ない」

ヒダカさんはそう言った。

「問題ないどころじゃないですよ。おいしいです」

「味があるかは知らんけど」

「私も坂口さんの文章読んでたら、畑にいきたくなって……」

奥さんはモロゾフのおいしいクッキーを差し入れに持ってきてくれた。そのお礼に僕は自分で作った湯飲みと茶碗を奥さんが興味津々に眺めていたので、二つあげることにした。

「これは売り物でしょ?」

「いいんですよ。僕が作った作物みたいなもんですから。畑と一緒です」

奥さんが躊躇してたら、ヒダカさんが、

「作物なんだから貰っとこう。ありがとな」

と元気な声を出してもらってくれた。ヒダカさんはまだ会社で働いているときに、脳溢血で倒れ、言葉が出にくくなったらしい。ヒダカさんは寡黙で、興味深い沈黙を持っている人だなあと思っていたのだが、実はそんなことがあったということを、蛍を観に行った時に奥さんから聞かされた。でも、ヒダカさんから出てくる言葉に無駄がないからすごいなと思う。

「畑にもマスクして行ってと言ってるんだけど」

奥さんが困った顔で言った。僕は土を舐めた。びっくりしてたけど笑った。

「なんでもかんでも菌を殺そうとして、菌がおらんと畑が死ぬ」

ヒダカさんが言った。僕もうなずいた。そろそろ帰るぞ、目の保養になったとヒダカさんが言った。

「2時間後に畑で」

僕が言うと、奥さんが笑った。ヒダカさんはいつも畑でやるように、遠くから手をあげて帰っていった。

雨が強くなってきたけど、僕は畑へ向かった。今日はヒダカさんにも会えないかもな。ノラジョーンズにも会えないかもなと思った。

畑に到着すると、やっぱりノラジョーンズの声が聞こえない。僕は着替えて畑に向かおうとした。その時、ザザザッと草むらから音がした。振り向くと、ノラジョーンズが顔を出している。

「ノラ」

にゃーとノラジョーンズが鳴いた。焦って走ってきたのか、びっくりした顔で、息が切れていた。

雨だから濡れたくないんだろう。葉っぱの下でうずくまっている。いつもはそこまで足を踏み入れないが、今日は特別にノラジョーンズの聖域に靴で入らせてもらった。そして、餌を手渡しした。しばらく撫でてあげた。

畑は今日も元気で、スイカがまた大きくなっていた。網が足りなくなったので、作り足したほうがいいなとぼんやり考えながら触っていると、なんとスイカのヘタが切れて落ちてしまった。落ち込んでいたが、料理家の竹花いち子さんに伝えると「スイカ、そのままサラダに使えばいいじゃん」って教えてくれた。そうだそうだ。「どんな葉っぱでも実でも食べられるんだよ」といち子さん。そして、覗くと、トマトがやっぱりできてた！

初めてのトマトの収穫。僕は一つだけ摘んで、そのまま雨で少し洗って、一口で食べた。美味しすぎて、雨と混じって少しうるっとしてしまった。

「明日、朝採りして、畑のサラダ作ってみる！」といち子さんにメールを送った。

言われてみれば確かに、僕の畑にはたくさんの食べられるものが育っている。サツマイモの葉っぱだって食べられるはず、カボチャの実はまだだ。葉っぱはどうだろうか。落ちたスイカも食べてみよう。メロンの葉っぱも食べてみたい。苺は白いのを一つだけ摘んでみようかな。ナスの葉っぱ、ネギ、大葉、きゅうりもピーマンも明日また摘んでみよう。そして、トマトに小松菜の赤ちゃんにニンジンの葉っぱにササゲの葉っぱに万願寺唐辛子の葉っぱに花オクラの葉っぱ。なんでもある。どんどん明日摘んでみて食べてみよう。

僕は自分の「健康」に気づいている。自分がどのようにしていたら、一番心地よく、快活で、健やかに物事を考え、行動ができるのか。今の僕は知っている。内側の土壌と外側の土壌、そのどちらとも出会うことができたとき、その上に立った人間は幸せを感じるのではないか。土になるというタイトルの通りになっていく自分を今見ながら、僕は驚いている。

でも平穏なのだ。雨の中、凪の有明海。曇った大気の向こうに静かな雲仙がかすかに見える。

とうとう僕は全て自分で作った野菜たちで初めて料理をする。

明日が楽しみだ。

僕は自分なりの幸福を見出したのかもしれない。

とても穏やかだ。そして、気持ちが体が楽だ。

ふかふかの土だ。

12

２０２０年6月13日、とうとう畑50日目。

昨日の夜、原稿を書いていたので、朝はゆっくり起きる。そして朝8時に畑へ。

今日は、僕の畑の朝採りの野菜だけを使って、初めて料理をしてみることにした。

行く時は土砂降りだったのだが、不思議なことに畑に着く頃にはすっかり雨が止んでいた。２０１６年の熊本地震の時もそうだった。僕の家のある市内は余震がすごかったのだが、金峰山を越えて、有明海沿いに出ると、途端に余震がなくなった、まるで憑き物が落ちたような気がしたものだ。畑の先に僕の両親の先祖が暮らしていた河内があるのだが、不思議といつも守られているような気がする。

畑に到着して、ノラジョーンズがいつも顔を出す、隣の元寿司屋の廃墟をのぞいてみるが、いなかった。いつもと時間が違うから、気づかないんだろう。また夕方来てみよう。

今日は今、畑に植えているすべての野菜を食べてみることにした。

まずはサツマイモの葉っぱを摘んだ。食べたことはない。口に入れてみると、柔らかい。意外と美味しい。全部こうやって食べて試してみたらいい。葉っぱには土がついている。でも今の僕には塩がついているようなものだ。畑の土を食べてから、なんだか体の調子がさらにいい。畑の神様でも体の中に入ったのだろうか。

カボチャの新芽も摘んでみた。これも揚げたら、きっと食べられる。自分で考える。自分で料理する。自分で育てる。自分がいる場所で。自然が苦手だった僕は、今、それを自然とやっている。体はすこぶる健康だ。この土の上にいるだけで力が湧いてくる。こんなことが起きるなんて想像もしなかった。はじめてから一度も難しいと感じていない。どんなことでもできると思えている。ここの土が受け入れてくれたんだろう。僕は楽に畑仕事ができている。カボチャの実は丸々大きくなっていた。

メロンの葉っぱは食べようと思わなかったので、摘まなかった。メロンの葉っぱは収穫した後、土に戻そう。今ではそうやって、次の動きも自然とわかるようになっている。

ピーマンを二つ摘んだ。ナスの新芽も美味しそうだったので摘んだ。

苺が二つもできてた。まだ色が変わってないし、虫に食べられているけど摘んでみた。ちょっとかじると酸っぱい。ついでに隣のアオキさんの畑から苺を五ついただいた。「サラダに果物を入れると、美味しさが広がるよ」といち子さんに教えてもらった。いち子さんから秘伝のレシピを教えてもらったので、三種類のサラダを作ってみることにした。

大葉も摘んで、きゅうりも一本、シミズさんにもらった１００年前から引き継がれている小松菜もまだ小さいけど、何枚か摘んでみた。

トマトはまだ青みがかっているのもあったけど、四つ摘んだ。

カボチャの葉っぱ、サツマイモの葉っぱ、スイカ、ピーマン、小松菜、大葉、苺、トマト、ナスの葉っぱ、きゅうり。十種類の野菜を収穫した。

ヒダカさんがやってきた。

「これ」

ヒダカさんが手渡してきた袋には、とうもろこしが四本入っていた。

「いいんですか？」

「甥っ子が農家やってててね。プロが育てた野菜だから、おいしいよ。おれはこのまま電子レンジで2分チンするのが一番好き」

「ありがとうございます」

「大漁だな」

「今日で畑50日目になります。こんなに野菜が採れるとは思いませんでした」

「毎日畑に通ってたからなあ。しっかり野菜できとるよ。美味しそうや」

「楽しみです」

「大葉、うちにも五枚くらいくれんか？　冷奴にのっけるとおいしいからなあ」

ヒダカさんと大葉を半分にわけた。初めてヒダカさんにあげた僕が作った野菜だ。これもまた嬉しい。確かに僕が自分で描いた絵をあげるのと感覚的に近い。それを体感できている。

「ちょっと待って」

ヒダカさんが駐車場の横の草むらに手を突っ込んだ。雑草がただ生い茂っているだけだと思っていたのに、引っこ抜いたのはヒダカさんが育てたアスパラガスだった。

とうもろこし四本とアスパラガス四本を入れたら、竹籠は野菜でいっぱいになった。輝いて見える。梅雨の間の雲の隙間から朝の光が落ちていた。静かな朝の畑。僕とヒダカさんがいるのに、モンシロチョウがいつにも増して、たくさん花の周りを飛んでいた。蝶の羽に滴《しずく》がついているのが見えた。気持ちがいい。これからの僕の生活を垣間見せてくれた、新しい朝だ。野菜を摘むだけでも元気になるのに、僕は今からこの野菜たちを使って料理をする。作る前から力が漲《みなぎ》っているのを感じる。

「じゃまた後で」

「もう今日は畑に来なくても良いやろ」

「いや、まだ草抜いてないし、スイカの網も足さないといけないので」

「大忙しやな」

「野菜は待ってくれませんし」

「じゃ後で」

僕は手を振って、ヒダカさんと別れた。

僕はずっと土地所有について疑問を抱き、そのことについて書いてきた。建築家になりたいと思っていたのに、土地を私有することはできないと考えはじめたら、設計ができなくなって本を書くようになった。そんな僕が、今、生まれて初めて土の上にいる。こうやって土地を借りたこと自体が初めてだった。生まれてからずっとアパート暮らしだったので、庭を持ったことすら一度もなかった。だから耕したこともないし、野菜を育てたこともなかった。もちろん猫を飼ったこともない。

そんな僕が畑をはじめ、50日目を迎えた。

不思議なもんだ。ヒダカさんの畑と出会って、僕は一気に花開いた。これからやっていくべきこととやりたいことが完全に一致したように感じている。僕はここを所有したいとは思わない。何か建物を建てたりしたいとも思わない。ずっとこのままでいてほしいし、きっとヒダカさんが生きている間はずっとここはこのままだ。僕も死ぬまでこの畑で作業がしたいと思った。

僕はどこで生きれば良いのかずっとわからなかった。それで東京に行ったわけだが、原発が爆発して急遽熊本に戻ってくることになった。熊本で暮らすことなんて一度も考えたことがなかったのに。不思議なことに熊本に帰ってから、なぜか突然文章が湧いてくるようになった。熊本で暮らし、作品を生み出し続けている歴史家の渡辺京二さん、そして作家の石牟礼道子さんと出会った。道子さんと出会って、僕は熊本に帰ってきたことが必然だったんだと感じられるようになった。僕はずっと自分の書き方に迷いがあったのだが、道子さんと出会って、生まれて初めて、同じような書き方をしている人と出会えたとうれしくなって、希望を感じた。今はもう道子さんはいない。僕は寂しいけど、後悔はしていない。生きている道子さんと、一生書いていくこと、熊本で生きることを、話しあえたからだ。一緒に歌も歌えた。道子さんと出会ったおかげで、僕は砂と話せるようになった。それが『現実宿り』という小説に結実した。全然売れなかった小説だけど、やっぱり今でも僕にとって一番重要な作品だ。『現実宿り』にはほとんど主人公なんていないのだが、もしいるとしたら、それは砂たちだ。砂たちの声が聞こえてきて、僕はその声を書くようになった。そして、今、僕は砂が集まり、たくさんの生き物の死骸と糞と一緒に塊になってできた土の上にいる。僕はこの畑で道子さんと対話しているようにも感じている。ここには土となったいろんな生き物たちが集まってきている。ノラジョーンズを道子さんと思っているところもある。蜂やチョウやクモを道子さんと思っているところもある。雲仙や海の波をそう思っているところもある。道子さんは一人の人間じゃなくなっていて、いろんな形や色になって、僕のまわりにいてくれている。一人で僕が節をつけた「海底の修羅」を車の中で熱唱しながら家に帰った。なんか知らんけど、涙が出てた。道子さんが教えてくれたことが、今になってわかってきている。もう道子さんはいない。でも、たくさんの道子さんが畑にいる。有明海を見ると、いつも道子さんがひょっこり顔を出す。

海底の修羅

作詩：石牟礼道子　作曲：坂口恭平

墓場を出て丘をくだる　流れをくだる

舟はもういらない　わたしが舟だから
海底だと思っていたのは　頂だったのだ
不知火海　墓にするには浅すぎる海
陽が霧のように溶けこんで来たので
天と海が　そのとき　ゆるりと入れ替わったのだ

家に帰って、さっそくいち子さんに教えてもらった三種類のサラダを作ってみる。

台所で野菜を広げたら、本当に良い顔をしていた。これを僕が作ったのかと思うと、これまで描いてきたどの絵よりも良い絵に見えた。しかも味がある、匂いがある、食べられる、変形できる、料理して変わっていく、粒になって、僕の体に吸収されていく、糞となってまた外に出てくる。今、僕は自分の糞尿だって捨てたくないなと思っている。さあ、作ろう。

昨日、落ちちゃったスイカも割ってみたら、綺麗な色をしてる。口に入れたら、甘かった。落ちても大丈夫だったんだと僕は安心した。

まずはカボチャの葉っぱ、サツマイモの葉っぱ、とうもろこし、とうもろこしのヒゲ、大葉、トマトを素揚げした。昨日の余ったご飯に塩、中濃ソース、ガラムマサラ、酢、ポルトガルのポルトで買ったオリーブオイルを入れて、ご飯ドレッシングを作った。そこに素揚げした野菜を和えて盛り付けると「僕の畑で採れた野菜のサラダ、ご飯ドレッシング和え」の完成。

毎日でも食べたいくらい、素材も最高に美味しかった。泣けてくる。自分で作った野菜だけを使って、いつも料理したい、と強く思った。体の中にそのまま僕が入り込んで、栄養になっているような感覚。その奥のどこまでも自分で体感できる。なんだこの経験は。

次はヨーグルトを脱水させて、そこに塩とメイプルシロップを入れたら、クリームチーズみたいになった。そこにグリルした野菜を盛り付けてサラダにした。グリルすると、また味が変わる。当たり前のことだけど、トマトも全然違う味になった。生で食べるのとも揚げるのとも違う。びっくりした。自分の畑で採れた野菜をそのまま丸かじりするのも美味しいんだけど、それだけじゃないから人間ってすごい、って思った。だからこそ、離れた場所にいる人間同士が出会うんだと思う。東京のいち子さんにいろいろ教えてもらいながら、いつかこの畑で一緒に遊びたい。さらにミキサーでトマトと赤玉ねぎ（これは僕の叔父さんが作ったものだ）を潰して、摺り下ろしニンニクを入れて、塩、メイプルシロップ、胡椒、オリーブオイルを入れて、野菜の冷製スープをつくって、そこに生野菜をそのまま盛り付けた。

人から料理を教えてもらうと、経験したことのない風が吹き込んでくる。野菜たちもいつもとは違う服を着て、舞台に上がっているみたいで、なんか心地良さそう。僕はそれらをムシャムシャ食べた。

畑の横に小さな小屋を建てて、そこでお客さんが座って、僕は摘んだ野菜で料理して、食べてもらって、その日1日、お客さんは畑で過ごすことができて、僕が作った寝室で寝ることもできる。そんな場所を作ってみたい。生まれて初めて自分の好きにできる土を手にしたことで、料理だけじゃなく、体の隅々にまで風が吹き込んでいる。発想の起点が変わった。

アトリエではやっぱり料理の絵を描いた。気持ちよく描けた。これでパステルの絵も74枚になった。100枚描くことを目標にしていたが、そろそろゴールが見えてきた。これもまた畑に毎日行っているおかげだ。この日課こそ、今の僕の全ての行動のエンジンになっている。畑に行きながら、畑で働きながら、畑に助けられている。元気をもらっている。今日は4枚も描いた。

そして、もちろん1日の最後はまた畑へ。ノラジョーンズが待ち構えていた。今日も畑は雨だ。濡れたくないノラジョーンズは遠くで鳴いている。もうわかるよ、猫語が。僕は新しく買ってきた餌を持って、葉っぱの下のノラジョーンズのもとへ。

少し草を刈って、今日はスイカの網作り。一度、失敗したけど、やり方を考えてもう一度トライしてみる。

早くスイカを食べたいけど、ここは一つ我慢。

「残念やな」

僕の初めてのスイカが落ちちゃったことを僕よりもヒダカさんが残念がっている。人の畑の野菜なはずなのに、ヒダカさんの孫みたいになっていて、それが嬉しいし、ほっとする。安心する。

ノラジョーンズも穏やかな顔になってきた。

畑をはじめて記念すべき50日目。今日は採れた野菜だけで料理ができた。舌の感覚、鼻腔の記憶、お腹いっぱいになった記憶、それらが集まって力が湧いてきたってことを僕は生涯忘れないだろう。これからも健康な体のままでいたいと一人で体を撫でながらいつの間にか寝ていた。

13

2020年6月16日、畑53日目。

朝のうちに原稿を書き終えて、すぐにロングパンツを作りはじめた。ショートパンツでは畑仕事をしていても、虫に食われたり、草にまけたりするからだ。作り方はショートパンツと同じだと、友人のデザイナー、シミが教えてくれたのでやってみることに。気に入っているパンツがあるので、それを元にまずは型紙を作っていく。使う生地は、アイリス色のリネン。型紙通りに生地をパーツごとに切り取って、もう慣れたもんである。前身頃にポケットを縫って、ポケットを作り、後ろ身頃とくっつけて、右と左をくっつけて、腰巻きをつけて、腰紐を通して、裾を縫う。これで完成。2時間でパンツ一本、作れるようになった。少しずつだが、なんでも作れるようになっている。成長するに従って、生活水準をあげるのではなく、自分の水準をとことんあげていく。今じゃ、最高のギターを買うんじゃなくて、最高のギターを作れるようになった。昨日、熊本市現代美術館で自作ギターで演奏したが、いい感じだった。スーホの白い馬に憧れていた僕なので、自分で奏でる楽器を自分で作るのはとてもしっくりいった。びっくりするほどいい音だった。自分で食べるものを自分で作るようになって、それが何よりもおいしいことを知っているから、ギターの音だってそりゃそうだ。自分が着る服も、やっぱり自分で作った方が体に合う。革靴も自分で作ったのだが、いっさい靴擦れしなかった。靴擦れは人が作った靴を履くからなるんだと思う。

それはあらゆることに共通するのかもしれない。腹を壊すのは、人が作ったものを食べているからかもしれない。畑をはじめて、胃腸がすこぶる調子がいい。快便だ。自分が使うもの、口にするもの、奏でるもの、それらを全部自分で作れるようになりたい。つまり、僕は自分の家を自分で作ることに向かっている。衣食住の衣食までは自分で作れるようになった。次は「住むとは何か」ということについての実践なのだろう。畑をはじめて、土地と直接、具体的に付き合うようになったことが僕をもう一度建築に向かわせている。自分で作る、とは一体なんなのだろう。まだよくはわからない。楽しいからやってる、に尽きるが、でもなんだろうなと最近よく考える。

ロングパンツをはくと、やっぱり気持ちいい。

福岡正信さんの『わら一本の革命』を読んでみた。自然農をする人にとってのバイブルみたいなものなのだろう。福岡さんは耕さない。草も取らず、肥料もあげない。種を撒くだけだ。福岡さんについては自然農を実践している隣の畑をやっているアオキさんに教えてもらった。僕が通っている畑ではそれぞれいろんなやり方を試している。アオキさんは完全自然農、シミズさんはしっかりマルチを敷いてちゃんと収穫する本格派、ヒダカさんの畝にも草はほとんど生えていない。僕はマルチもしているが、麦わらも敷いている、草は全部刈る時もあれば、根っこを残して切る時もある。畝はあったほうがいいなと思うし、草も生えていた方が心地いい。でも完全に草取りをしないっていうのも違うような気がする。僕が種を撒いたり、苗を植えたりしている時点で、自然ではない。僕の意識が入り込んでいる。

ふと、僕は多摩川で20年以上暮らしている船越さんのことを思い出した。彼はいわゆる他の人が見ると、路上生活者ってことになるんだと思う。実際に家が建っているところは、多摩川の河川敷だ。住所はない。でもインターホンはあるし、冷蔵庫もある。母屋と寝室、作業部屋とゲストルームもある。そういえば、野良猫を三十匹くらい育てていた。橋から落ちて怪我をした鳩もいた。船越さんは僕の先生だった。たくさんのことを教わった。一度、船越さんの家に10日間ほどホームステイさせてもらったことがある。今から10年前くらいの話だ。船越さんは、家の前に砂利を敷いている。だから草が生えてこない。船越さんはいつも「自然は恐ろしいもんですよ」と言った。

「自然のままでいよう、だなんて言ってもね、そのまま放置してたら、すぐに全て草で覆われる。

東京にあるどんな建物も、放っておけば草で覆われて、いつか崩れてなくなってしまう。残るのはピラミッドくらいだよ」

船越さんは多摩川河川敷で完全自給自足の生活をしていた。つまり、畑をやっていた。果樹園まであった。僕は今までクワを持ったことがない、耕したこともないと思っていたが、そういえばホームステイをしている時に、船越さんに畑を手伝えと言われ、クワで開墾したことを思い出した。あの時は何もわからずにがむしゃらにやった。また船越さんにも会いに行きたい。

自分の生活に必要なものは全部自分で作る。僕は大学時代からずっとこのことを研究してきた。当時はまだ何にも知らず、技術もなく、手を動かすことすらうまくできていなかったが、少しずつできるようになってきている。いつも何も知らない僕を助けてくれる賢者があらわれる。ヒダカさんもそうだ。多摩川で生活をしている間、僕は鬱になってしまった。だから記憶がぼんやりしている。あの頃を思い出すと、今、こうして毎日畑に行っていることが奇跡のようだ。10年経ってしまったが、今なら、船越さんが言っていたこともわかるはずだ。

福岡さんの方法は、なかなか完全に受け入れるのは難しいのだが、それでもとても参考になった。福岡さんは「自然に育てる方法は、麦わら、稲わらを、ただ敷いておくといい」と書いていた。保水もするし、草も生えない。そのまま堆肥にもなるから肥料もいらないらしい。確かに、麦わらを敷いてみてよくわかった。カボチャも病気になりにくくなった。

福岡さんの本を読んでいると、僕はどんどん気が楽になっていった。自然農は少し堅っ苦しそうに見えるが、実際は「何にもしなくていい」なので、つまりは楽ってことだ。草取りもほどほどでいいと思うと、気が楽になる。肥料もそんなに念入りに撒かなくていい。そもそも畝もいらない。耕す必要すらない。なんて楽なんだと僕は思った。パンツを作る時もそうだった。チャックはつけない。ゴム紐もいらない。後ろポケットはひとつあれば十分だ。そうやって必要なものだけを作る。それだと楽だ。僕は楽になれることを見つけるとやる気になる。あれもしなくちゃいけない、これもしなくちゃいけないとなると疲れてしまう。福岡さんの本を読んでいると、畑でもやりたくないことはやらずに、好きに楽に楽しくやろうと思えた。ササゲとオクラと唐辛子の種を撒いた時も、適当にパラパラ撒いただけだが、ちゃんと芽が出た。なんて簡単なんだと思った。福岡さんは穴を指でちょこんとあけて、種を置いて、あとは土を被せずに麦わらで覆えばいいと書いていた。今度やってみよう。畑は細かいことを気にしなければとても簡単なのだ。大事なことは、毎日畑の様子を見に行くことだけだ。

久々に編集者梅山に電話をかけた。

「おう。畑やってるねえ。いいねえ。おれもやろうと思ってたところなのよ」

梅山も畑をやりたいと思っていたらしい。

「先生がいいからね。根元からしっかり育てられてる感じがする」

「いつもお前は近代をフクシュウしてるからすごいよ」

「復讐？」

「いやいや復習だよ。新しいところに向かっているように見えて、おれには、近代をおさらいしているように見えるね。家とは何か、土地を所有するとは何か、お金とは何か、法律とは何か、国家とは何かって、お前の仕事って、やっぱり、近代が定義したことをちゃんと自分で、単細胞生物から人類にまで発展するように、その起源から遡って、一人の人間でおさらいしているところが面白いんだよ。で、今は、畑とは何か、土地とは何か、食べるとは何か、ってことなんだろね。だからやっぱりベンヤミンみたいなところがあるんだと思うよ」

本棚を眺めると、ちくま学芸文庫の『ベンヤミン・コレクション7』が見えた。適当に開くと「社会研究所」という言葉が目に入った。

「あ、社会研究所ね。ホルクハイマーが作った」

「おれは何も知らない。目に入っただけだよ」

「お前の場合は目に入ったものから、いつも何か生まれてくるんだから、それでいいんだよ」

「社会研究所ってフランクフルト大学の中に作ったんだ」

僕はいつも斜め読みしかできない。でも、それでいいと梅山はいつも言う。

「そういえば、お前、早稲田大学の教授の試験受けるとか言ってたよね？」

「書類がコロナのせいで届かなかったんだけど、教授自ら郵便局に受け取りに行ってくれるとかなんとかで、受け取ってもらえた」

「ベンヤミンも教授試験受けてるんだけど、これがまた落ちちゃうんだよ」

梅山はいつも秘密を話すようにいろんなことを教えてくれる。

「じゃあおれも落ちるな」

「でも落ちなかったら、研究所作れよ。熊本で畑をやりながら、東京のど真ん中で近代おさらい研究所をやったら面白いことになると思うよ」

こうやっていつも梅山の視点を取り入れて、僕は自分の思考を立体的にしようと試みる。梅山はさらに今の僕を見ていると鴨長明を思い浮かべると言った。ここで建築に向かっている僕の思考と梅山の助言が合体した。そうか、僕は次に方丈庵のような極小の建築物を作るのかもしれない。

「次は畑の横に作った庵で方丈記を書くのか！」

僕が思いつくと「タイトルは？」とすぐに梅山が聞いてきた。僕は手に持っている『ベンヤミン・コレクション7』のサブタイトルを見た。「〈私〉記から超〈私〉記へ」と書いてある。堀田善衛の『方丈記私記』も思い浮かべた。

「方丈記超〈私〉記」という言葉が出てきた。

「最高じゃん。決まりだよ。来月から書いてくれよ」

鴨長明の文章は、ルポルタージュのようでもあり随筆でもあり、同時にそれが一つの音楽として聞こえる。僕がやろうとしていることもそれだ。いろいろなことが合致した。こういうことが起きるから、考えるという行為もまた畑と同じように格別なのだ。僕は高揚しながら畑へ向かった。

畑に行くと、今日も一人だった。最近は梅雨入りしているからか、畑で一人が多い。梅雨と書きながら、あ、梅の雨か、と初めて気づいた。今、梅干しを作っている。梅雨が明けたら、干す。こんなことも僕は全く知らなかった。僕は何も知らない。だからなんでも自分でやってみるしかない。僕は幼少の時からぼうっとしていて経験に乏しい。野菜のことも花のことも虫のことも何も知らない。畑を始めて知れたことがたくさんある。僕は自分の中で失ってしまったと思っていた、自然との結びつきを取り戻そうとしている。いや、そもそもそんな結びつきがほとんどなかった。僕は幼少の「時間」を今、取り戻そうとしているのかもしれない。でもちょっと違う。今、畑で自然と向き合い戯れながら、僕は「これは初めての経験ではない」と感じている。僕には何かの知覚がある。僕が忘れているだけで、幼少の時、もしかしたら、胎児の時、いやもっと前のことかもしれないが、何かの自然に触れていた。そのことを思い出し始めている。砂の声を小説として書いている時にも感じた、あの思い出す感覚が、ここのところさらに強くなっている。

「お前は近代をおさらいしている」

梅山の言葉がまだ頭の中で響いている。

畑に着くと、ノラジョーンズはいなかった。そういえば、昨日は、なんと新入りの猫が現れたのだった。

猫ではなく、たぬきに見えた。あいつとどこかに行ったのだろうか。

僕はつい「ポンポコ」って名前をつけた。でもノラジョーンズはどこに？　もしやポンポコ、お前が追い出したのか。しかし、見るからにポンポコはボケッとしていて、気弱なやつで、そんなことはしなそうだ。餌をあげたら、恐る恐る、食べてた。

落ち着かないまま畑へ。梅雨で土が湿っているので、草取りはできない。畑に来る人はほとんどいないが、それでも野菜は黙って育っている。他の人の畑を見ながら「あっ、きゅうりが育ちすぎてるかも、今、摘んだ方がいいのになあ」なんてことを思うようになった。僕は毎日来てるので、他の人の畑もついつい見てしまう。他の畑が気になるヒダカさんのことが少しだけわかった気分になった。

梅雨の時期は、畑も人間たちもしばしの休憩という感じだ。草取りはしなくていいし、野菜もほっとけばすくすく育つ。雨だから作業が思うようにできない。でも野菜たちは元気で、適当にしていても豊かな感じなので悪くない。梅雨が明けたら、また新しい作業が増えるんだろう。カボチャ、メロン、スイカはすくすく育っている。茄子の葉っぱも元気になってきた。

ヒダカさんの車の音がした。

いつもと違って普段着だった。もしかしたら、僕を見かけて来てくれたのかもしれない。人の畑が一番気になる人だから、あり得なくもない。リラックスしたヒダカさんはやっぱりまっすぐ僕の畑にやってきた。

「カボチャ大きくなってたぞ」

ヒダカさんはもちろん、僕の畑の出来事は全てご承知なのである。

「これもうすぐ食べられるぞ」

そう言って、ヒダカさんはカボチャを触っている。

「食べ頃ってどんな状態になるんですか？」

「こうやってね、爪でカボチャの表面を押すんよ。押して痕が残るようだったらまだ。食べころになったら、痕が残らんように硬くなるから」

「わかりました」

そして、僕の畑をくまなく見てくれた。僕のスイカを見てる時はやっぱりヒダカさん嬉しそうだ。

「ほら、初代スイカは落ちちゃったけど、すぐまた大きくなっただろ？」

「ですね。嬉しいです」

「本当、大きくなったなあ」

ヒダカさんは猫か、孫でもみるような手つきでスイカを撫でている。僕もなぜか誇らしい気分だ。自分の子供が立派に育つと、嬉しいものだと思った。

「ピーマン、今日、摘んでもいいですかね？」

「その状態でも美味しいけど、2、3日置いてみたら？　もっと美味しくなるぞ」

「やってみます」

「きゅうりも明日やな収穫は」

僕が今まで収穫していたのは、ちょっと早かったんだと知る。ヒダカさんはまずは若く生き生きした野菜を食べたらと思って、収穫していいよと言っていたのかもしれない。こうしたちょっとした細かいことが梅雨を経て、変化していることに気づく。梅雨って本当に大事なんだなあと思った。

「とうもろこしはね、ヒゲがちょっと茶色くなってきてるだろ。このヒゲの全体が焦げ茶になったら、収穫できる。虫がわくからよく見といて」

僕は少し経験を積んだことを実感しながら、喜んで返事をした。

「トマトは四つ、明日収穫やな。こりゃみんなでわけないかんな」

「ヒダカさんもらってくれるんですか？　そりゃ嬉しいです。二つ持っていってください」

「違うよ、あんたんとこ家族四人だろう。四つを一つずつみんなで分けて食べなさい」

ヒダカさんがあんまり嬉しそうに話すので、ヒダカさんも食べたいと思っていると僕が勘違いしていた。

「本当にしっかり野菜たちは育っとる」

「ありがとうございます。草取りはいつしたらいいですかね？」

「明日、ハサミ持ってきてあげるから、それを使って、バリカンみたいに刈ってみたらいいよ」

梅雨で2日ヒダカさんに会えなかっただけで、なんだか寂しくなってた。寂しくなってたのは、ノラジョーンズもいなかったからか。

すると、にゃー、と背後から声がした。

見ると、ノラジョーンズがいた。僕はついつい声をあげて喜んでしまった。ヒダカさんは笑いながら車に戻っていく。ヒダカさんは全くノラジョーンズに関心を持っていなかったのだが、最近少しずつ変わっているような気もする。「昨日は、あそこにいたぞ」とか教えてくれるようになった。僕は餌を持って、ノラジョーンズのところへ。ノラジョーンズも必死に僕に鳴いているように見えた。

「どこいってたの」

僕はノラジョーンズに声をかけながら、首を撫でた。ノラジョーンズはなんと寝転んで、目を瞑って、体を僕の手に押し寄せた。

しばらく二人で遊んだ。餌を食べ終わった後、「また明日ね」と声をかけると、ノラジョーンズはさっといなくなった。

家に帰った僕は猫の避妊手術について調べることにした。

14

2020年6月17日、畑54日目。梅雨の間の休息のような晴れた日。

朝から原稿を書く。『校注鴨長明全集』を購入。雑誌の連載原稿も書き上げる。その後、書斎でインタビューを受ける。

そのままアトリエへ。今日は初めてシュミンケという先日買った最高級のパステルを使って、絵を描いてみることに。

これが本当に品物が良くてびっくりした。これまでファーバーカステルというパステルを主体に、ゴンドラという日本のメーカーやレンブラントなどを試していたのだが、シュミンケは値段も他とまるで違うのだが、顔料の粉末のきめ細やかさがすごくて、求めていた感じだった。色合いも僕が描いている風景画にぴったりだと思う。気づいたらパステル作品は76枚になっていた。これからはシュミンケで描いていきたい。最近、描くことがさらに楽しくなった。

今度7月に展示をするキュレイターズキューブの旅人から電話だ。たまたまギャラリーを訪ねてきた写真家の川内倫子さんが僕のパステル画を見つけて、欲しくなったとのこと。熊本新港に家族三人で行った時の絵だ。倫子さんは時々、僕の絵を購入してくれる。ありがたいことだ。

今回のパステル画は欲しいという人がこれまでになく多い。僕のところにも知らない人からパステル画を購入したいという連絡が来る。絵がこうやって人にすぐ伝わっていくのは初めてなので少しびっくりしている。畑のヒダカさんまで買いたいと言ってくれた。風景画だからわかりやすいってこともあるだろう。料理本を一昨年に出した時とも似てる気がする。

「料理に近いって、いいね」と旅人。

「絵が料理に近いって、ほんとあんまり聞いたことないね」

「お前の絵画も文章も畑の実りの一つなんだろうなあ」

「畑が源流だったねえ」

「畑をやる前から、ずっと土作ってるように見えてたけどね。そういえば、あのノラはどうなった？」

「元気だよ」

僕は最近の写真を旅人に見せた。

「お前になんか似てるな。毎日、幸せそうだな」

そう言いながら、脳裏にはノラジョーンズの避妊手術のことがちらついた。猫好きの知人からも、放っておくと子供がどんどん増えて、周辺の住民の迷惑になってしまうと保健所に通報されたりするかもしれないと言われていた。僕は人間の都合で避妊手術をしてもいいものか悩んでいる。話を聞いた旅人は「世知辛いな」と言った。

僕はノラジョーンズの顔を思い浮かべた。

「子供の顔も見たいしなあ」

僕はすぐに避妊手術をするのをやめておこうと思った。もちろん周りの人に相談もしつつ、でももしもノラジョーンズが子供が欲しいと自然に思うのなら、まずは見届けようと決めた。まだ出会って１ヶ月も経ってない猫に対して、こんなことをいろいろ考えている僕も不思議だ。それくらい僕とノラジョーンズは近しい関係になっている。

「いろんなこと、穏やかに着地したいよね」

旅人が言った。毎日僕の絵も見てくれるし、色々と助けになっている。


アトリエを出て、車で畑へ向かった。

しばらくぶりの晴れだから、きっと畑仲間もきてるはずだ。金峰山の向こうの空を見ながら畑に到着すると、やっぱりみんないた。

挨拶しに行こうと車を出たら、すぐに鳴き声が聞こえてきた。ブロック塀の向こうからノラジョーンズが顔を出している。

「ノラ」

そう呼ぶと、すぐこっちに来るようになった。ずっと鳴いてる。こりゃお腹が減ってるな。顔を撫でようと手を伸ばすと、ノラジョーンズの方からこっちに倒れるようにもたれかかって、地面にゴロンと寝転んだ。腹を見せ、乳首の桃色がチラッと見えた。あらあら。しばらくしっかりと撫でる。いつも警戒していたノラジョーンズが目を瞑って、寝転んで、腹を見せて、リラックスしてる姿を見てると、なんだか胸がいっぱいになった。話せないはずだけど、今はノラジョーンズの心を感じる。僕とノラジョーンズはなんらかの言語を使っているんだと思う。手の言語、声の言語、近づこうとするときの足音の言語、手のひらの言語、目の言語、時間の言語。今日も時計を見ると、ぴったり午後5時だ。やっぱりこの時間が僕とノラジョーンズの時間なのだろう。言葉以外のさまざまな言語が飛び交っている様子を僕はしっかりと感じている。それは豊かな時間だ。かけがえのない瞬間で、その瞬間が持続していることが奇跡のように見えた。動物と通じ合うなんてことがこれまで僕は味わったことがなかったからだ。何にも知らない僕が少しずつ、言語の意味をわかってきているのかもしれない。全ては経験からしか知ることができない。でも、遅かったとは思わない。その人それぞれの時間がある。その時間の中で、知るべきことは全て知ることになるんだろう。ノラジョーンズはそんな僕の言語の先生だ。いつも大事なことを教えてくれる。僕の言葉で置き換えない。ノラジョーンズの心を読まない。生き物から自然と漏れ出てくるものと誠実に接するだけだ。避妊手術のことを思い出した。僕がこうして餌をあげているのもそれはそれで不自然なことなんだろう。でも僕とノラジョーンズとの言語のやりとりはとても自然だ。毎日、僕は畑に足を運ぶ。そのことがこんなに安心できるってことに僕自身驚いているし、もう今では畑がない時間のことを思い出せないくらいだ。ノラジョーンズも畑に含まれている。生き生きと生き物たちが動き回る地面の上に僕もいる。

地面のことを考えていたら、水のことが頭に浮かんだ。明日は湧き水を見つけに行ってみよう。畑のちょっと先が河内という僕の両親の故郷で、その辺には湧き水がある。小島にはあるのかな。ちょっと調べてみることにした。湧き水を畑にかけるのもいいかもしれない。

いつもは餌を食べたらすぐにいなくなるのに、今日は珍しく、食べた後もいなくならないで、ずっと鳴いてた。甘えているように聞こえたからずっと撫でていた。

シミズさんと久しぶりに会った。彼女はすぐに駆け寄ってきて、話しはじめた。シミズさんはおしゃべり好きだ。収穫したばかりの大根をいただいた。シミズさんは僕の展示を見て、ギター作ったり、セーターを編んだりしていたことに興味があるらしく、次々と質問を受ける。シミズさんも作ることが好きらしい。紙で編んだ籠を見せてくれた。材料費は700円とのこと。ネットショップで販売までしているという。マスクもずいぶん作って、数万円稼いだらしい。あなたも籠を作りなさい、とシミズさんは作り方の本まで貸してくれた。僕はうどん粉病にかかったカボチャの葉っぱを切り落としながら、聞いていた。シミズさんの話は面白く、そして止まらない。しかし、その時である。

「あっ！」

「どうしたの⁉⁇」

僕は間違って、ハサミで葉っぱではなく、カボチャの主茎を切ってしまった。

「カボチャが……」

「あ、ごめんなさい、私がこんな話を持ちかけたばっかりに」

逃げる悪戯小僧みたいにシミズさんはそろそろと自分の車のところへといなくなった。

「どうした？」

ヒダカさんがやってきた。

「カボチャの茎を切っちゃいました」

「なんだって」

しかも僕が切ったのは、一番長い茎で、一番大きなカボチャがそこで育っていたのだ。

「もうこの切り口を土に埋めてもダメですよね」

「ダメやな」

ヒダカさんも残念そうな顔をしているので、申し訳なくなった。

「でもカボチャを切り取って、しばらく家に置いとったらいいよ。次第に色が変わってくる。でもどうして茎を切っちゃったのかねえ」

もう切り取っている時に人と話をしないと決めた。こんな残念なことはない。

「でもうどん粉でやられている葉っぱは全部切り落としました」

「あとは、重曹を５００分の１に水で薄めた霧吹きを持ってきて、葉っぱに吹きかけた。あそこのスガさんのところのカボチャは良くなったよ。試してみてん」

「わかりました！」

「それにしても、今日も大収穫やのう」

ヒダカさんは僕の畑のトマトのところに首を突っ込んでいる。気付いていなかった僕は嬉々として、トマトを四つ摘んだ。摘む時にヘタが取れてしまった。

「トマトはな、この緑のヘタの部分をちゃんと残して収穫するといいよ」

「あ、また間違っちゃいましたか？　そっちの方が美味しいですか？」

ヒダカさんは悪戯っこみたいに黙って、こっちを睨んだ。

「いや、ただ見た目にいいからな」

僕は笑ってしまった。

「そりゃそうですね」

「目でも食べるんだよ、人間は」

そう言いながら、ヒダカさんは僕の畑の草を抜いてくれていた。


本当に勝手なことだが、僕はこの畑をずっと守っていきたいなと思っている。何かこの場所は僕と近い、それこそノラジョーンズのように。そして、そこで育つ野菜たちもそうだ。野菜と話せるとは思わない。でも野菜や土にもまたそれぞれの言語があり、僕は知らず知らずのうちにその言語を体得してきているような気がする。土の中の状態、水の状態、葉っぱの状態、実の状態、種の状態、草たちの状態、そんなことたちが、わかる、というのとも違うのだけど、感じる、確かに僕は感じているので、次に何をすればいいのかってことが、無意識で見えているような気がする。ノラジョーンズに関してもそうだが、畑に関しても、付き合っていく上での不安な要素が一つもない。僕も信頼しているし、野菜もノラジョーンズも僕を信頼してくれているように感じる。こんなことってかつてあっただろうか。家族との付き合い方とも違うような気がする。それこそ恋や愛とも違うような気がする。なんだろう。元に戻ってきたような感覚に近い。繕う、修繕、修理、メンテナンス、毎日の整備、調整、そういった感覚に近いような気がする。でもまだわからない。でもわからなくても、ずっと毎日確かに感じている。この感触。僕にとっては初めてのことだ。そして、もともと人間は、生物はこうだった、という感触がある。言葉は必要がなく、ただそれぞれの言語だけがある。それが無言で飛び交っている。鳥は鳴き、猫も鳴くが、でも言語は沈黙している。沈黙のまま蝶々が飛ぶようにして、この土の上で下で蠢《うごめ》いている。それを歩くたびに感じるのだから、健康になって当然じゃないか。僕は今、どこかの実家のようなもの、僕のヒトという動物種にとっての故郷のようなもの、つまり、それが土なのだが、土に戻ってきたことによって、僕は外部から、土と一体化しているのかもしれない。同化しているというのでもない。土の中の微生物や細菌、ウイルスがその上を歩く僕の体の中に、そして、土の中から野菜の中に、それを食べる僕の口から、内臓へ、それらは僕と言えるのか、僕ではなく、無数の生き物の集まりである。僕は自分が解体され、自由に放たれて、今は無数の生き物の生き生きとした集まりであると感じている。統合されてもいない、かといって離れ離れではなく常に一緒の、動き続ける、生き物の集まり。それが僕だと気づいた時に、言語を新しく覚えたんだと思う。それを今では言葉を覚えたばかりの赤ん坊のように、喜んで土の上で話しているのかもしれない。

ノラジョーンズも野菜たちも元からいた。遠くにはいたが、僕もまたその集まりの仲間だった。

ずっと彼らは待っていた。そして、僕がやってきた。彼ら生き物はいつも先輩だし、でも同じ地面の上や下や中に生きる仲間だ。僕もまた一つの集まってきた生きもの、そして、彼らの手解きで、僕は自分もまたその土のようなもの、僕の中には無数の生き物が今も生きている、その集まりにすぎない、というか集まりだから、こんなに元気に生きられているんだということを教えてもらったのだ。

家に帰ってきて、夕ご飯を食べながら、家族のみんなに一つずつトマトを渡して、みんなで一斉に食べた。

美味しい！　とそれぞれに言いながら、食べた。それは僕たちが作ったトマトなんだよ、ゲンはまだあんまりよくわかっていないようだ。アオはそのことに気付いて驚き、喜んでいる。僕はまたそこで生きる無数の生き物のことを思った。そんな宇宙みたいな集まりが今、四人集まっている。そして、畑で採れた野菜を食べている。

15

２０２０年６月18日、畑55日目。

朝から原稿を書く。その後、先日作ったショートパンツの残りの布で今度は半袖シャツを作ってみることにした。シャツを作るのは初めてだ。こういう時はどうするか。シャツを作る勉強をしてみるか。しかし、僕はそれができない。まず、手を動かしてみることならできる。僕は自分が好きな、持っている白シャツをクローゼットから取り出し、それをくまなく眺めてみた。シャツがどういうパーツでできているかがわかった。あとはそれを分解して、型紙をとればいいんだと思う。しかし、今日は落ち着いてやることができず、いきなり直感のまま布にチャコペンを使ってフリーハンドで描いていった。下手でもいいからまずは作ってみて、作り方を覚えていく。雑になろうが気にせずに、高速でどんどんやっちゃうのだ。高い生地を買って、よくそれで実験できるね、と妻のフーは感心しているのか、呆れているのかわからない。1時間でなんとなく形になった。しかし、ぴったりしすぎて、ちょっときつい。

そこで背中の布を真ん中から切り、間に三角形の布を継ぎ足した。

「Aラインってことだよそれ」

いつも僕が服づくりに関してやるときの助言係であり、型紙も提供してくれた、デザイナーのシミが言った。

「手を動かして行くと広がるよ」

今、シャツを作りたいと思ったから、そのまま素直に、何にも勉強せずに、ただ心の赴くままにシャツを作ったということだけである。それでシャツができた。下手なシャツだ。でもそれで僕の目的は達成したのである。型紙を貰えば、うまく行く。しかし、型紙がないとこうなる、ということもわかった。やれば、わかる。わかれば次が見えてくる。それだけの人生。そして、半分くらいは失敗する。でも残りの半分は自分がもっとやっていきたいと思い、時には仕事になったりする。とにかく裁縫は、僕にとってとても簡単で楽しすぎる、そのことがわかった。

チャーハンを一口、二口食べて、そのままアトリエへ。今日もシュミンケのパステルを使って絵を描く。

今日は、南千反畑町《みなみせんだんばたまち》の駐車場から空を見上げた絵と、江津湖の好きな道を歩いているときの絵を描いた。

この江津湖の絵は本当に上手くいったと思う。今までで一番水面も思う通りに描けた。

つい絵の師匠である角田さんに絵を送る。

「さらに繊細になったね。自分に合ってる画材、主題の発見ができて、それがリアリティを感じさせてるよ」

この絵は売らずに自分の書斎に飾っておこうと思った。パステルをはじめて僕は初めて自分の絵を売りたくないと思っている。ポルトで見た椿の絵とそしてこの江津湖の絵の2枚だ。シュミンケのパステルが体にぴったり合っているので、さらに1万円分、パステルを買い足すことにした。自分が描きたい風景の発見、そして、パステルという画材の発見、それが合致して、自分が表現したいように表せているということ、2016年から僕は今につながる絵の描き方をはじめたのだが、4年が経過し、ようやく自分なりの描き方が見えてきた。4年間、毎日描いてきたおかげだ。面白くない、と思ったときでも毎日、1枚は描いてきた。鬱の時でも描いてきた。新しく作ることは、自分がそのぶん成長するってことになる。今、野菜と付き合いながら、僕にとってつくるという行為が、この野菜の育ちに繋がって行く。新しく作ることが重要なのではなく、新作を作るたびに、僕という体が成長していく。つくるということは水やりであり、草取りであり、棚作りであり、毎日のメンテナンスで、そのたびに、僕の体は新しく動く。動くことで、体は一度、攪拌《かくはん》され、別の振動が与えられていく。つくるとは何かってことをもっと探求してみたい、と思った。これもまたきっと新作の本のインスピレーションになるんだろう。種が落ちてきた瞬間だ。畝で作業をする僕は気付いていない。種は静かに芽を出す。このように畑での作業は常に僕の創造する日常生活と入れ子状になっていく。この土のイメージ、それがなかったから、今まで自分がやっていること、やってきたこと、作ったもののことを「わからない」と言っていたのかもしれない。

今、僕にはこの「わからない」という言葉が消えてしまっている。僕だけの視界で物事を考えなくなったんだと思う。僕という体とは別に、その体の外の空気も一緒くたにした、土のイメージ、土壌の気配を感じる。そこに何か種が落ちる、そこで分解が行われる、雨が降る、根っこが死に、そのまま微生物に食べられ、栄養分になっていく。そういう地中の運動を、僕が生きている中でも、作っている過程でも感じられるようになってきた。土に感謝だ。その経験を与えてくれたヒダカさんが僕のアトリエに来てくれたときのことを思い出し、嬉しくなった。パステルの絵をヒダカさんが欲しいと言ってくれていることを思い出し、僕は自分の仕事の意味を感じた。意味を感じるってことも、僕はこれまでほとんどなかった。もちろん、意味がないとは思っていなかったが、意味なんて、とどこか馬鹿にしていたところもある。それよりもやるんだ、意味を超越して、まずは作業、つくるんだ、と意気込んでいたからだ。でも、僕は今、土のイメージとともに意味を感じはじめている。それが何よりも初めての経験だ。僕はたまたま畑にやってきた。でも僕は今、ヒダカさんに土のイメージを、その意味を教わっている。これは一体、なんなんだろうと迷うことがない。わからないことがない。それは意味を感じているからだ。僕には今、明確に向かうところがある。しかも、そこは目に見える世界ではない。目にも見えない、手探りの土の中のイメージだ。そこに僕はいる。目には見えないが、存在していること、そして、それぞれの生き物、無生物たちが生きている意味がしっかりと手に伝わっている。

今日は早めにアトリエを出て、河内へ向かった。畑までの道をさらに進んでいくと、河内がある。そこは僕の母方の実家で、しかもなんと遡ると、父方の祖先も全く同じ河内町白浜の出身である。父と母は熊本市で出会ったらしい。何も知らずに父が母方の実家に寄ると、親戚がいたというのだ。僕は一人で勝手に先祖を調べているのだが、父方の曽祖父は、神楽を愛し、歌と踊りができ、書の名人だったそうだ。僕はのちに、父方の祖父の右腕とも言うべき人と出会った。父方の家系は失踪者もいたり、祖父のことは母方からは少し狂人扱いされていて、夜中に突然馬で母方の実家を訪れたりしていたそうだ。僕の躁鬱のルーツはこの父方の方にあるのではないのかと思っている。そんなこともあり、いつも河内は僕のインスピレーションの源流だ。祖父母の家のすぐ近くに古い旅館があるのだが、そこに夏目漱石、昭和天皇、宮崎駿、そして村上春樹が来ていることはおそらく誰も知らない。なんでこんな田舎に、全くの観光地でもないところに、なんのために来ているのか僕も知らない。でもいいところだ。僕が好きなところだ。そして、ここが僕のルーツなのである。

白浜の隣に船津《ふなつ》という集落がある。車で小島から行くと、突然、海の町が開け、人里隠れた町のように、屋根が広がる。車を適当に停め、細い道をとぼとぼ歩いていると、一本の銀杏の木がいるようで、一本の銀杏の木がそびえ立っている。銀杏の根本から湧き水が流れているのである。1500年以上前から湧いていると書いてあった。河内の人々は船に住み、魚をとり、ツボに湧き水をいれ、金峰山を越え、僕が今住んでいる城下町の市場まで馬に乗って、売りに行っていたという。

湧き水の名前は鑪水《たたらみず》と言う。船津は昔、鑪場だったのだ。その遺跡も残っている。畑はこのように、僕のルーツを探る手助けもしてくれているようだ。ここは昔、倭寇の重要拠点の港があった町だ。今はそこに灯台が立っている。年に一度、炎を使って、境内を焼こうとする年寄りと、それを守ろうとする若者の戦いのとんでもない祭りをやっている。海賊対策のための訓練から始まった1000年以上も続くお祭りだ。

久しぶりに鑪水と出会った。一礼して水を掬って飲んだ。おいしい。体に染み渡る感覚が畑のおかげで増しているので、いつもより美味しく感じる。おいしさとみずみずしさが持続する。ベルクソンのことを思い浮かべる。僕は通り道で見かけた一軒の家が気になった。どうやら庵を結びたいと思っているらしい。とにかくさまざまなイメージが僕の周りを飛び交っている。蝶々というよりも蛍みたいに。今、お昼すぎなのに、頭は夜で発光虫が点滅しながら、水中を漂うようにゆったりとした軌跡で飛んでいる。僕は夢の中にいるような気がした。漱石の『草枕』は、この地を発想の源流にしている。湧き水を飲みながら僕は不思議な熱気に包まれていた。でも肌はひんやりとしている。持ってきた大きな瓶に湧き水を汲んだ。畑に撒いてあげよう。きっと土や微生物や虫や鳥たちもこの水のことを思い出すはずだ。僕には何かそんな確信がある。

車に戻って、さて、畑へ行こうと思うと、首のうらが痒い。手を当てると虫がいた。摑むと、それは真っ白い星のシロホシテントウだった。触れたのは初めてだ。すぐにiPhoneで調べると、シロホシテントウは成虫、幼虫共に、植物につくうどん粉病菌などの菌類を食べる、とある。もしかしたらカボチャの葉に繁殖しているうどん粉病菌に困る僕を助けるため、やってきてくれたのかもしれない。どこかから出動してくれたとしか思えない。シロホシテントウにとってはうどん粉病菌は、僕が大好きなカステラみたいなもんなんだし、きっと、つくねみたいなもんなんだと思う。だからどこにも無駄がない。どれも取り除く必要があるものはない。そのままで、今のままで、何にもせずに完璧なのである。そのことの安心感をもっと感じられたらいいなと思う。自然に、とか、素直で、とか、言うからわからなくなるのかもしれない。そのままで、いいのである。その言葉が僕は好きだ。楽な気持ちになる。

ティッシュにシロホシテントウを包んで、畑へ。小雨が降っていたので、誰もいない。

車から出ると、すぐに鳴き声が聞こえてきた。もう気付いているのだろう。でもどこにも見えない。鳴き声だけが少しずつ近づいきて、茂みから虎が顔を出した。ノラジョーンズだ。慣れてきた感覚。彼女には気品がある。餌をあげないと全然触らせてくれなかったのに、今や、自分から体と顔を押し付けてくる。その姿が可愛すぎて、僕は一人で笑って撫でてた。餌をあげながらお腹を見ると、乳房が大きくなっているような気がする。僕にお尻を向けて、体を伸ばす、ノラジョーンズ。さすがに警戒心、無さすぎないか、と思って、ツルッと滑ってしまったのは僕で、その音で、すぐにいつもの警戒モードになるノラジョーンズを見て、また安心した。ごめんと言いながら、餌を差し出す。そのあともしばらく撫でてあげた。

餌が足りないから、食べ終わった後も鳴いているのかと思ったが、どうやら、ちゃんと撫でなさいということだったみたいだ。食べ終わったら、自由に撫でていいよ、ということだったのね。受け入れてもらえて嬉しい。日本昔話の世界、というか、山の猫たちの集会にそのうち呼ばれたりするんじゃないかと思えるから、他の生き物たちとの対話はいいなと思った。

今日も野菜はとても元気。スイカは先代は僕が切り落としてしまったけど、継いだ二人のスイカはすくすく育っていて、安心した。カボチャも主枝は切り落としてしまったが、それでも元気に育っているので嬉しい。もう二度とよそ見しながら、草取り、葉っぱ切りはしない。今日もトマトを四つ収穫した。あとはピーマン。ピーマンも二本の苗から始まったけど、毎日、二つ以上収穫できるからすごい。きゅうりは明日収穫の予定。大葉もたくさん摘んだ。そして、とうもろこしがどうやらもうすぐ食べ頃のような気がする。こうやって、少しずつ、食べ頃の感覚もわかるようになってきた。作業に慣れて行く過程が好きだ。畑をやっていると過程のオンパレードなので、それが体に良い作用があるんだろう。自然と触れている、だけでなく、馴染んでいく感覚が大事な気がする。植物とのコミュニケーション、土との触れ合い、虫や鳥、そして天気との関係、その周りの環境との馴染み、そうやって、植物だけでない、ありとあらゆるものと相互に関わり合っているような実感を与えてくれる。馴染んできた革靴とか、あのいい味を出す、っていうのが、環境全体に広がっているような感覚。それが土が馴染んでくるということである。一人で自分の畑を見て、そんな感慨に浸っていると、クラクションが鳴った。見慣れた赤いミニが畑に入ってきた。父と母だ。河内に寄った帰りに、たまたま僕を見かけたらしい。

「お、恭くん、ここでやってたとね。恭くんの畑は？」

「母ちゃんは？」

「虫が苦手だけん、車の中たい」

車を見ると、車内からマスクをした母ちゃんが手を振ってる。

「親父、ここに野良猫もくるよ」

「えっ！　どこどこ⁉」

親父は無類の動物好きだ。人間とは全くコミュニケーションが上手くいかないのに、動物とは意思疎通が容易にできるようだ。それは親父の親父の影響で、つまり、あの馬に乗ってた僕の祖父の影響で、あの躁鬱野郎と親戚から揶揄されてた、僕のルーツである男の影響だろう。祖父は猿も飼育していたらしい。犬も猫も狸もいたちもなんでも飼っていた。僕は祖父の家の記憶が、野良猫なのか飼い猫なのかわからない猫が大量に、新聞紙を敷いた台所で動き回ってるイメージしかない。猫くさいと母ちゃんが言っていて、だから、あんまり行かなくなった。最後に行ったのは、僕が小学二年生のとき、祖父が死んで、祖父の葬式をその家でしたときだ。きれいになっていた。そういえばそこに猫はいなかった。親父は小学生の時に、自分が飼っていた愛犬が、毒団子を間違って食べて、亡くなっていく過程を見ていたらしく、それがきっかけなのか、動物に対しての過剰な愛情がある。僕の家族はずっとアパート暮らしで、母は動物が苦手だった。

「もう餌あげちゃったから、午後5時に毎日くるよ。今度、遊びにきたらいいやん」

「そうね、あ、あと恭くん、美術館で展示見たよ。額装されてた絵よかった」

「それは嬉しい。ありがとね」

「1枚ちょうだいよ」

「今度アトリエに遊びにきたらあげるよ」

親父は車に戻っていった。母が窓を開けたので、僕は収穫したばかりのトマトと大葉とピーマンをあげた。母は蚊が入ってくるからとすぐに窓を閉めた。僕はバックオーライをして、手を振った。すると、また窓が開いた。

「シュークリーム美味しかったよ、これあげる、ゲンちゃんとアオちゃんに」

母がケーキの箱に入ったシュークリームをくれた。

「あとこれは恭くんに。お団子」

僕は近づいて受け取ると感謝を伝えた。なんかずっと、文句ばっかり言われてきたから、母のことを避けてきたけど、最近はこれくらいのちょうどいい距離だったら、なんの問題もなくなった。

「その竹籠いいね」

僕に柳宗悦などの民藝を教えてくれたのは母ちゃんである。僕が小学生の頃だ。

「母ちゃんの家の近くだよ。今度連れて行くよ」

「わ、嬉しいね」

「それじゃね」

「バイバーイ」

雨が降ってきたので、僕も車に戻った。雨の音が聞こえる。湿気で車の中が曇り、水滴が窓ガラスを落ちていく。熱帯の森の中にいるような気持ちになって、気付いたら、寝ていた。30分くらい寝ていた。何かの夢を見た。昔より、夢がぼんやりしているような気がする。昔はどれもフルカラーで立体的で全て記憶していた。夢の中に住んでいたくらいだ。でも、今は現実の方が興味深い。手で触れることに感動している。目で見えることに感動している。目に見えないものでも感じることができることを知っている。夢もいいけど、現実もいいじゃんか。僕は今、そんな気分だ。汲んだ水を飲んだ。とんでもなく美味しかった。体中に、みずみずしさが充満していった。シロホシテントウがティッシュから出て、窓の上を歩いていた。

「あ、ごめん、忘れてた」

僕が窓を開けると、シロホシテントウはすぐに畑に飛んでいった。

僕はまた閉めて、しばらく雨の音を聴きながら、シートを倒して、畑で眠ることにした。

16

２０２０年６月19日、畑56日目。

朝からいつものように原稿。そのあと、雑誌の連載記事も書き上げて、今日は散髪に行った。そのままアトリエへ。細川家第19代次期当主の細川護光くんがアトリエに遊びにきた。僕の陶芸の先生の一人でもある。畑の土で作った鉢を見せる。

「これ１２００度で一気に本焼きしてもいいかな」と僕が聞くと、

「いや、熊本の土は阿蘇があるから火山灰が多くて、もしかしたら溶けるか、割れるかもしらんな」と言う。

「ってことは素焼きの温度くらいだと大丈夫ってことかな」

「多分、そうだと思うよ。まずはそっから試してみたら？」

先生たちがいろいろ教えてくれるからありがたい。護光くんは僕のパステル画を見てる。

「パステル画最近描いてるのよ」

「知ってる。お前のパステルいいよ」

護光くんが、僕の作品をいい、と言うのも初めて聞いたような気がする。

「阿蘇にうちの登窯があるから、いつかそこに焼きにきたらいいよ」

僕に初めて、陶芸用の土をくれた人が彼である。おかげで僕は陶芸をするようになった。

今日は河内町船津で見たおぼろ月、そして、また江津湖の絵を描いた。今、江津湖の絵を描くと、すごくうまくいく。

江津湖だけで一つのシリーズにしてもいいなと思った。あとはふと、人間の絵が描きたいとも思った。今日また2枚描いたので、これで合計81枚になる。１００枚描いて画集にするって目標でやってきたので、残り19枚だ。そこでひとまず風景画は終わらせて、次は人物ポートレイトのパステル画を描いてもいいかもしれないと思いつく。ま、どうなるかはわからないが、まだ風景をもっと描きたいとも思ってはいる。でも次を作れば、次が見える。その当たり前のことが本当に大事なのである。そして、毎日描くことが本当に重要。休まないで、次を作る。どうせそれ以外の時間は僕はただの暇人みたいなもんなのだから、朝の3時間執筆と、昼のアトリエでの3時間はとにかく1年を通して、休まずやっていきたいと思う。今は畑に毎日行くので、その「毎日やる」ということがどれだけ大事なのかがさらに身に染みている。僕の文も絵も、土で育つ野菜と同じなので、毎日、その動きを注視していれば、着実に成長をする。たくさんやる必要はない。その日にできることだけを、余力が少しある程度に、その代わり休みなく継続していく。これが僕にとっての上達のコツだ。継続する以外に上達するコツは、ない。継続させたくないものは継続することができない。これも当然のことだ。継続させたいと思うことを見つけること。それはすぐには見つからない。だから、見つからなくても、まずはこれかな、と推測したものを継続してみる。それはそこまでうまく継続はできない、でも技術向上のことよりも継続に力を入れていく。そうすると、しっかり飽きる、という段階に入る。飽きた時に、また次の継続することを見つける。下手な時はその一つの継続することの息は短い。しかし、慣れてくると、その息が少しずつ長くなっていく。そうして、最後にはずっと継続していきたい、ということが見つかるのだ。

今、僕は毎日朝起きて、この『土になる』を書くことを継続していきたい。なんなら死ぬまで書いていきたい、つまり死ぬまで、あのヒダカさんの畑に通いたい。あの畝と付き合っていきたい。あの土とずっと触れていたい。そして、その記録を残していきたい。土について考えている僕の思考もくまなく見てみたい。だから継続する。継続できる。そして、パステル画もそうだ。これもまた一生やり続けていきたい、そして成長が自分ですぐに把握できる最高の方法だと思っている。この二つが生まれたのは何よりも畑を始めたからだ。だからこの文と絵の源流である土と一生一緒にいたい。そんなわけで、朝の文、昼の絵、夕方の畑。僕には今、この三つの一生継続したいことが見つかっている。

もちろん今時点での感想なのだが、それでも今の今で、一生やっていきたいことだけを毎日継続している、という日常を僕はこれまで過ごしたことがない。だから生活としても初めてのことだ。そして、それによって、僕は今、自分なりの健康を獲得しているんだと思う。そして、この健康は継続し続けている限り揺るがない、というこれまでに全く感じることができなかった「自信」を僕は感じている。感じていることに驚いてはいるが、不思議だとは思っていない。それくらいのものに出会えているのである。毎日やらない理由がない。ぴったしカンカンの相棒を見つけた気分だ。嬉しさが体の中で充満している。同時に、苦しまないと見つけることができなかっただろうと思う。だからこそ、躁鬱病と言われていた、僕の病もしっかり体に残っているのだろう。しかし、それはもう病ではない。土の中に入り込んで、一つの微生物として、僕の土壌で、あらゆる感覚を分解してくれている。そんな病たちにも感謝を感じる今日この頃である。さ、そろそろ畑の時間だ。

アトリエのそとに出ると、雨が止んでいた。これならまた山を越えて小島に入ったら晴れるな。少し僕も空との付き合い方がわかってきているような気がする。もうすぐ夏至だ。今日も日が長いんだろうなあ。こんなふうに毎日、毎日、季節の横で一緒に歩く生活を送ったのは、生まれて初めてのことだ。梅雨なんか大嫌いだったから。今は梅雨が夏に向けての植物の、つまりは土にとっての準備期間だとわかる。梅雨はジメジメしているが、それが畑にくると、豊かなことだとすぐに感じるからだ。畑はジャングルのような環境になっている。常に葉っぱは湿っていて、茎には小さな水滴がくっついていて、湿潤、つまり潤っている。ジメジメしているんじゃない。それがこの土で暮らすあらゆる生物にとって、心地よい時間なのだとわかる。僕は梅雨になって初めて、この畑が、僕の畝が別の惑星のようだと感じた。タルコフスキーの『惑星ソラリス』の冒頭の川と植物のシーンが好きだ、『プレデターズ』のジャングルの風景が好きだ、あんな感じに僕に見えている。別の惑星、植物で覆われた、ここは太古の地球のようだ。彼らには僕が恐竜に見えているんだろうか。そんなわけはないな。今日もモンシロチョウは僕を恐れることなく、好きに僕の畝から伸びている葉っぱの陰に隠れたり、花の宿に立ち寄って、お茶をしてる。

畑は今日も誰もいなかった。雨が降っていたから。でも今はすっかり止んで、空から太陽の光が漏れはじめている。空がとにかくきれいだ。僕は明日パステル画にしたいと思ったから空の写真をたくさん撮った。絵にすると思うと、写真を撮ることがこんなに嬉しくなるとは知らなかった。雲仙は見えなかったが、青空も見えてきた。徐々にめくれるように光が畑の繁茂する緑の葉っぱたちに当たりはじめ、僕は物を見ているのではなくて、形を見ているのでもなくて、光を見ているんだ、光を見て、僕は目の前の風景を知覚しているんだって思った。写真と現実とパステルの三つの世界が一つになって、光の粒子になっている。それが僕の目というよりも体のレンズに映り込んでいる。気持ちいいなあ。畑を見ながら、しばらくぼうっとしていた。ぼうっとできなかった僕は今では畑であれば、どれだけでもぼうっとできる。安心している。穏やかな気持ちなのに、高揚もしている。

生きる喜び。

僕が大好きなマティスの絵のタイトルが頭に浮かんだ。僕にとっての生きる喜びは、土になる喜び、土である喜びである。ここにいる喜び、ここで動ける喜び。土になるって言葉は死ぬことを表すが、僕にとっての土になるは、生きるである。いや、生きる＝土になる＝死ぬ、ということなんだと思う。ノラジョーンズは今日は来なかった。でももう、1日来ないからといって焦らなくなった。雨の日はノラジョーンズは濡れたくないからどこかでゆっくり雨宿りしている。そのまま寝過ごすなんてこともあるんだろう。濡れると、体が冷える。ノラジョーンズは風邪に絶対にならないようにしている。風邪がそのまま死に直結するからだろう。暖かいところで眠れていることを祈りつつ、僕は畑の作業に入っていった。

カボチャ、すくすく育っている。うどん粉病はどうだろうか。まだ何枚か葉っぱに白い斑点ができていたので、それらを切り落とす。サツマイモはわさわさ生い茂っている。スイカはトップランナーの二人はスクスク育ち、それ以外にも何匹か赤ちゃんが生まれてきている。楽しみだ。伸びきって網の外に出てきているツルを織り込んで、網に絡ませる。スイカの茎から伸びている極細のツルがしっかりと麻紐に絡みついていて、それが手のように見える。土の中にいるスイカの根っこと連携をとっているんだろう。植物にとって目に見えないことは不思議ではない。元は土の中なのだから。だから彼らにとっての光はまた僕にとっての光とは別のものなんだろうな、植物にとっての光を、植物の視線で描いてみたいなんてことをその手の指のようにしっかり、離さないで摑んでいるツルを見ながらそう思った。隣のメロンも元気だ。ゆっくりと成長している。

ナスも生い茂っている。まだ実はつけていない。でも、とにかく焦らない。ゆっくり待ってあげると、絶対に実をつける。ヒダカさんに教わった言葉だ。ヒダカさんは今日もこないようだ。きっと朝方世話したんだろうな。でも、夕方、ヒダカさんと会えなくても、作業は全く問題がなくなった。僕も成長したんだろう。でも寂しいことは寂しい。明日、また晴れたらいいな。

きゅうりが二本できていたので収穫した。とうもろこしはまだのようだ。大葉をいつものようにたくさん摘んで、トマトを覗くと、六つもできていた。今日はゆっくりヘタを残したまま収穫する。僕はこの畑で同じ過ちを一切繰り返していない。失敗をすることはする。でもその失敗がしっかりと体に刷り込まれているんだろう。焦らない、後悔しない、しっかりと待ってあげる、そして、二度と同じ失敗をしない。畑で学べることはそのまま生きる上での大きな力となる。当たり前のことばかりだが、その当たり前のことが、この畑では本当に大事なのである。何度も言うが、こんな風に自覚しながら、成長することができるのは、おそらく畑だけなんだと思う。それはつまり、僕が生きていくための、野菜を作っているからなのだろうか。それ以上の理由がありそうな気がする。たとえ、食べていくためのものが一切手に入らなくても、それでも得るものはあるからだ。もちろん、食べるためにやっている。でもそれ以上のものを感じている。まだうまく言葉にはできない。だから土を触れることが僕にとっての何かの祈りに近いと感じるのだろうか。単純な楽しみとも喜びとも違う。生かされていると体で感じるのも僕は初めてだ。この「初めて」の感触。僕は風景とも初めて出会っているような気がしてパステルで絵を描きはじめた。僕が今、注目しているのは、この僕自身が感じる「初めて」の感覚である。それがそのまま喜びにつながっている。経験をしても、また訪れる「初めて」。畑黎明期の今だからこそ感じることなのか。ヒダカさんを見ているとそうではないんじゃないかと思っている。これは「初めて」って言葉じゃないんじゃないか、と僕は考えた。もしかしたら「初めて」って感じるのは、それが「初めて」じゃないからなのではないか。僕が知らないと思っていたことは実は知っていたのではないか。そのことに初めて気づいたのではないか。僕は土のことを知っていた。そこが僕が戻る場所であることも知っていた。そうじゃなきゃ、僕はここに今いないはずだ。そして、今、生きる喜びを、しかも穏やかな静かな喜びを感じている。違和感がない。だから、きっと僕はその喜びだってもともと知っていた。意味がわからないことがここには何一つない。知らないこと、初めてのことも、違和感なく体の中を通過していく。

僕はなぜか、自分がこの土の上で長らく生きて、植物と虫と鳥と微生物と一緒に過ごしている姿を思い浮かべた。なんの不思議もない。それはいつもの景色だ。それはどこにでもある生活だった。僕は知らないと思い込んでいただけで、僕はその姿を知っていた。僕はそこで生きていることも知っている。その体感も残っている。僕は土の上で生きていた。そのずっと昔、どれくらい昔なのかわからない、その自分の姿と、今の僕の姿が少しずつ、ダブっていた二つの姿が一つに合わさっていった。僕は感極まっている。誰もいない。畑には誰もいない。椋鳥《むくどり》がいた。鳥がいた。雀が飛んできた。スイカの葉っぱに雀のフンが、椋鳥のフンが落ちている。僕が作った竹棚を止まり木にしてくれたんだ。あたかも土から生えてきた樹木みたいに扱ってくれたんだ。でもノラジョーンズはいない。それは寂しかったが、畑にいろんな生き物がいるから、僕は心からお礼を伝えたかった。そして、その感謝の言葉を人間以外の他の生物に伝えたことが、たった今、それが生まれて初めてのことだと気づいて、僕は土にお礼をした。僕はずっとここで生きていたことを今、完全に思い出したのだ。

　すると、ふっと、頭が戻ってきて、大きくなったスイカの姿が目に入った。

「あ、ちゃんとカラス避けの網を作らないと」

　そうすると、僕の体は早い。すぐに行動に移る。畑は忙しい。その忙しさがとても心地よい。麻紐を車に取りにいって、僕は得意の麻紐網を竹棚に張ることにした。もちろん網は全て手作りである。やり方はもう体得している。自分で編み出した方法だから、って書きながら、編み出すって言葉が、編むことからきていることにびっくりしつつ、僕は完全に体得してる独自の方法で網を編んだ。１時間もあればできる。途中で休憩を入れながら、モンシロチョウや蚊が僕の横を横切りながら、作業を続けた。僕はこうやって生きてきた。だから網の編み方も知っているんだ。

僕はもう恐れるものがない、と思った。僕は素のまま動くだけだ。思うままに体を伸ばすだけだ。手を好きに曲げるだけだ。足は地面を踏み、その音を聞く虫たち。僕はここに真夜中にいたとしても落ち着くんだろう。適当な屋根さえあればここで住めるんだろう。そうやって生きてきた時のことを思い出すだろう。それは記憶の僕じゃない。未来の僕でもない。僕が知らない僕でもない。僕が知っている僕でもない。それは僕そのもので、今、僕は自分自身と完全に一つになったような気がする。それ以上の平安がどこにあろうか。それが鳥であり、猫であり、虫じゃないか。地に足をつけるとは、このことを言うのではないか。土に聞くまでもない。僕が土になったのだから。

17

2020年6月20日、畑57日目。

朝から原稿を書く。書き終わったら、今日は、畑の土で作った陶器、鉢と畑の神様を焼こうと思い、すぐにアトリエへ。電気窯の中に乾燥させた鉢と神様を入れて、電源を入れた。1250度で一気に本焼きしようと思ったが、ここはやはりお殿様の意見を耳に入れておこうと思い、800度でまずは素焼きすることにした。

昨日、雨雲が風に吹かれて流れていった後の有明海の上の空が無茶苦茶きれいだったので、あれを描きたい。畑に行くようになって、そしてパステル画を描くようになって、よく空を見るようになった。もともとは空なんかそんなに見なかったはずだ。でもそうだった自分を今ではあんまり思い出せない。今は、いつも空を見ている。どんな時も空が気になる。光が気になる。木漏れ日が気になる。水面が気になる。水面に映る景色が気になる。景色を見るたび、僕は頭の中のパステルに手が伸びる。どの色を使おうか、どの色を混ぜようか、タッチはどうしようか、指の擦り具合はどうするか、どの指で擦るか、そんなことが頭の中を飛び出て、空の上で動き回っている。今日はカラッと晴れている。久しぶりの晴れだ。今日の空はカラッとしすぎて、あんまり心が動かされなかった。やっぱり昨日の空は格別だったんだなと知る。そんな日を1日も逃したくないなと思う。だから毎日空を見ていたい。だからこそ、毎日畑に行くという日課が愛おしい。

そんなふうに人々は暮らしていたんじゃないかと思う。毎日繰り返しやるのは、ただ作物を育てたいからだけじゃないような気がするのだ。そうやって、毎日どこかに行くことで、見ることができる景色があり、その景色が何よりも移ろっていること、移ろってその日の空はやはりその日しかないこと、でも不思議なのは時々、空を見ながら、僕はこれまで空を見てこなかったつもりだけど、僕の記憶の空と繋がっている時があることだ。それがどの時の空だなんて、わからない。でもずっと昔の空だ。小さい頃の空だ。家に帰る時間が近づいた時の空だろうか。空で時間を見ていた。あの時、雲を僕は見ていたのか、雲の形の記憶はない。でも僕は今、雲を見ながら、いろんなことを思い出している。形のない記憶が自分の中にある。引き出しの奥にしまったまま忘れていたようなもので、見つかった途端に全てを思い出す。断片的な記憶。でもその断片が持っている全てが体の中に広がる。僕はそうやって、体の中が広がっていくのを感じている。体の中はどこまでも広がる。海みたいに広がる。鳥が見ている景色みたいに広がって、望遠鏡みたいに近くで見ることができる。隙間の奥の方、影で見えなくなっているようなところまで。

電気窯の中から燃える匂いが漂ってきた。それを嗅ぎながら、有明海を描いた。夕方、祖父母の家に向かう車の中で、僕はほとんど眠ってしまっていて、起きてはいない、何度か目を開けた、オレンジ色の光が、海に映っている。河内は海苔の名産地で、僕には海面の揺れるオレンジが、海苔に見えている。また目を瞑った。段々畑には蜜柑が見える。僕の祖父が乗っていたビートルの色もオレンジだった。僕は西日のことを考えている。これは僕の記憶なのか、夢の中なのか。土の中のイメージが湧き上がる。土の外、僕の外、夢ではなく、目覚めている僕が見ている現実の姿。僕はパステルを描きながら、写真に撮った有明海を、その上の空の雲と西日を見ながら、いろんなことを考えている。パステルで描くときは、勘では描かない、そのものを隈なく見る。でも凝視するとも違うかもしれない。細目で見て、光と影を見る、どうしてそれが見えるのか考える。夢の中ではどうして物が見えるのか。どうして眩しさを感じるのか。その光源はどこにあるのか。夢の中。それは土の中か。

出来上がったパステルの絵は、これまで描いた中でも一番の出来だったんじゃないか。

不思議なことに僕がよく知っている有明海の、あの祖父母の家に行く途中の景色なのに、今までに見たことがない、昨日の空とも違う、でも、僕は海と空をよく見て描いた。僕はよく知っているあの海と思って描かなかった。見たことがないものを初めて見るように描いた。なぜなら僕はよく知らないからだ。僕は波がどうやって動いているのか、海に光が当たって揺れ動いている時、どんな色の変化があるのか、雲はどうなっているのか、空は本当に空色なのか、ただ青を使えばいいのか、空は高さによって色が変化しているのかどうか、そんなことを僕はとにかく知らないのである。だから、見るしかない。見れば見るほどどんどん記憶が溢れてくる。どこの何かと特定、断定できない、記憶の埃《ちり》のような微細なものばかりが僕の体のどこかの穴から、ポケットから、僕が描けば、見れば、その行動が振動となって、上空に立ち上がる。それは未来に似ているのかもしれないと思った。未来は知ることができない。だから僕は目の前の景色をよく見ようと思う。そこであふれる過去の記憶。記憶には光源がない。でも眩しく光っている。太陽は雲に隠れて見えない。光が漏れている。夢の中。現実の光。土の中の太陽。

いい絵が描けた。もちろん旅人に送った。

「続々と明るい実りが生まれてますな。計画してないナチュラルな成果物の収穫って、気持ちいい流れを産むんだな。おれも勉強になるよ。これ、どうする？　展示する？」

初めて、売りたくないと思ったかもしれない。僕は「ちょっと考える」と返事した。旅人はそれを聞いて笑ってた。

「今の気持ちに従えばいいと思うよ。それにしても来月の展示が楽しみだ。毎日、成長してるしな。また傑作ができると思うよ」

僕はボブ・ディランの新譜を穏やかな音量で流しながら、車で畑へ向かった。雲ひとつない空、金峰山が見える。植物も人間も生まれ変わるけど、山は人間が生きている間であれば変わらないんだと、当たり前のことを感じてびっくりした。金峰山を昔の人も見てた。そんなことを言ったら、風も変わらないんじゃないか。渡り鳥のように季節になると、風は地球を一周して、戻ってくるんじゃないか、それを繰り返しているんじゃないか。山は形が変わるけど、風は地球が生まれた時からずっとここにあるんじゃないか。車はいつもの見慣れた路地を抜けていく。今日は劇的な空じゃない。どこか抜けた空だ。でもその平凡さが逆に、ここにしかない風景の不思議、この風景の中にいくつか、ずっと昔から何一つ変わっていないものがあるということの不思議を生んでいて、どこかでそれをずっと見てる、太古の人々の姿があった。茂みの奥から、ひっそり人間たちに隠れて、鹿が見ていた。猪が見ていた。ニホンオオカミに会ったことがあるって、この前タクシーの運転手がしていた幼い頃の思い出話を思い出した。

> 語り部の歌は、ある記憶の現前において、出来事が言葉へと至り、そこで遂げられるような領域の拡がりなのだ。詩的霊感《ミューズ》の源であり、ミューズ〔ムーサ〕たちの母でもある記憶は、自らの裡に真実を、すなわち出来事の現実を宿しているのである。

この言葉を久しぶりに思い出した。ディランの歌声は落ち着き、ゆったりと、しかし、全く疲れはなく、生気に満ちていた。僕もそんな気分だと思った。何にも起きなくていい、この平凡な世界の景色を見てればいい、それでも僕の内側では力が穏やかに漲っている。きっと今日も畑の野菜たちみんなもそんな感じなはずだ。

畑に到着すると、ノラジョーンズが待っていた。餌を持って近づくと、黙って突っ立っている。撫でてあげたが、どこか元気がない。別にこれと言って、どこかが調子が悪いわけではなさそうだが、黄昏《たそが》れているというか、凹んでいるというのとも違う、でもそうやって、体を鎮めているようにも見えた。大丈夫かな。きっと大丈夫だとは思うが、僕自身、そのような小さな変化に気づくようになっているような気がする。でもたくさん餌は食べていった。腹が減ってたかな。

畑は今日も元気だった。サツマイモの茎と葉っぱは鬱蒼と伸び、カボチャは少しずつ実の色が濃くなってきた。表面を触ると、硬くなってきている。爪で押すと、まだ跳ね返されはしない。でももう少しで収穫だ。スイカは相変わらず、さらに赤ん坊がいくつか大きくなってきていた。僕が作った、スイカ自体を包む網もうまくいっているようだ。メロンも少しずつではあるが、それでも確実に大きくなっている。ナスの葉っぱも勢いよく伸びていた。種を植えた、ササゲ、紅オクラ、花オクラ、和唐辛子、万願寺唐辛子たちも元気にすくすく育っている。ピーマンは三つ実っていたので収穫、きゅうりはもう少しでまた実る。ウリの苗も伸びてきた。大葉は相変わらずジャングルみたいになっていて、今日も20枚くらい摘んだ。イチゴは花がまた咲いていて、ランナーは伸びていないが、元気そうだ。小松菜が美味しそう。そして、とうもろこしの実も先端が徐々に黒ずんでいる。いい調子だ。で、僕は腹が減っていた。おやつでも食べたい。目の前には真っ赤なトマト。一つもぎ取って口に入れた。やっぱり食卓で食べるより、土の上で食べる方が美味しい。今度は、畑でみんなでご飯を食べたいなと思った。

今日もヒダカさんがいない。寂しいなあ。すぐ近くのところにいるから会いに行けば会えるのだが。

まあ、それでも一人で畑仕事をやっていても、わからないことはほとんどなくなった。

カラスが畑に飛んできて、僕の畑のトマト棚の上に止まった。初めてのことだ。

トマト棚の天井はすっかり空いているので、そこからトマトを食べたいと思っているのかもしれない。ヒダカさんから「天糸を天井に張っといた方がいいよ」と言われていたのを思い出した。ヒダカさんに言われたことが、数日後、いつも実際に起きる。経験から導き出しているから当然のことなんだけど、僕にはカラスがヒダカさんに見えていた。わかりましたよ、やりますやります、と僕は車に戻って、麻紐を取り出し、トマト棚の天井に張った。でも、カラスが少し考えたら、入り込めて、食べられるように、簡単に済ませた。

煙草を吸いながら、畑を見た。いい顔をしてる。

土の中に今日も両手を突っ込んだ。土の中、見えないその中の世界。僕はそこが見えるとは言わないが、でも、その中のことを、湯加減を感じるように、手で感じられるようになっている。土の中。土の外。夢の中、目覚めてこの世界で、手を突っ込んで、土を感じている僕の手。僕が動く、僕が感じる。その感覚を鏡として、目覚めと夢が、土の中と空に向かって育つ野菜たちが、水面に映るようにして、僕には見えている。畑の裏の金峰山だってそうだ。有明海の向こうの雲仙だってそうだ。どれもが僕には水面に映るものに見えている。僕は水面を見ている。水面に映るものの実体を感じている。実体はいつも土の中だ。目には見えないものだ。それは夜だ。光はなく、全て影だ。土の中はいつも生き生きしている。生き物だけでなく、動かないものたちも振動している。小さいものたちはさらに細かく砕けていく。喜んだ顔で死んでいく。子供たちは何も知らず甲高い笑い声をあげている。どこかで見た、日が暮れたすぐあとの景色だ。僕はそこを歩いている。家に帰っていく。動物たちが静かに息をしている。目だけが光ってる。僕には見えない。気配は感じてる。全てが寝静まっている。みんなが目覚めている。朝日を待っている。すべての時間が光で満たされている。

家に帰ったら、アオがパステルで絵を描いていた。

素晴らしくいい絵だった。

明日は夏至だ。

18

２０２０年６月21日、畑58日目。

今日も朝４時に起きて原稿。３時間で15枚書き終わる。これで５月１日からずっと休みなく書いていて、およそ50日間で気づくと６５０枚も書いていた。日課は僕を植物にする。畑をはじめてそういうことなんだと知った。畑をはじめていろんなことを知ったが、何よりも野菜たちが、野菜だけじゃない、あらゆる草たちが、植物たちが１日でこんなに伸びていたということを、僕は42年間生きてきて、今の今まで全く知らなかったのだ。自分の成長には気づけない。人の成長にも気づけない。子供を育てていても、僕は彼らの成長になかなか気づいていないということも知った。植物の成長に気づくようになった今、僕は子供たちの成長にもより気づくようになったのではないかと思っている。僕はこれまで時間の流れ、季節の移り変わりに、気づいていなかったのかもしれない。そこが今、これまでの僕と違うところだ。僕は、今、時間と併走している感覚がある。時間の前にも後ろにもいない。時間が横にいる。

毎日空を見るようになった。雨だろうが、曇りだろうが、今はどちらも好きだ。雨の日は気圧が低くなるから、偏頭痛になるかもな、と考えるよりも前に、あっ、雨だ、やった、恵みだ、とすぐに体が喜んでいる。もちろん、僕は雨に打たれるわけじゃないんだけど、水の滴を感じる、畝が湿った、あの冷たいのにあったかい感覚、土の中の温もりなのか、植物が喜ぶ振動なのか、僕はそういう熱を、雨の時に感じる。曇りは、その雨の余熱だ。雨が降った後の曇りの畝に近づくのが好きだ。雨の時は畝が崩れるし、畝間を歩くと、べちゃべちゃになって、なんだか申し訳ない気がする。でも植物たちの様子が見たいからついつい歩いてしまうのだけど。曇りの時は近づけるから好きだ。畝が湿っている時の安心感と言ったらない。その後に晴れて、畝の表面が乾燥してきているけど、指で穴をあけると、中がまだ湿っている時、それを確認するのが好きだ。こんなことが好きだなんて、僕は知らなかった。僕は好きなものが増えた。ノラジョーンズだってそうだ。そして、もちろんヒダカさんだってそうだ。野菜が今までとは全然別の方向で好きになった。ピーマンの種もヘタも捨てなくなった。全部作ったんだから、ピーマンはしっかり元気に育ってくれたんだから、感謝と共に、全部食べたい。微生物たち菌たちウイルスたちがくっついてくれてるんだから、水洗いするのも変な気がしているくらいだ。畑で採って、そのままトマトを食べるのが好きだ。大葉の香りを嗅ぐと、いつもいろんな扉が開かれる。ヒダカさんも僕が大葉をあげると、ヒダカさんは大葉を育てていないからいつも喜んでくれる。

「いい匂いだなあ」

ヒダカさんも好きらしい。こんなにずっと大葉の匂いを毎日嗅いで生活するのも初めてだ。ミントも好きだけど、大葉の方がもっと好きだ。しかも僕が育てた大葉なのだ。匂いの愛着が違う。匂いも人それぞれ植物それぞれ動物それぞれだ。当たり前のことを鮮烈に感じる。事実として感じる。生活の一部として素直に感じる。その感じる過程自体が、僕には初めての経験だった。僕は何も知らなかったのだ。でも、そこで終わることなく、僕はそれらを知ることができた。知ることの喜びを感じている。何も知らないことを恐ろしく思わなくなった。恥ずかしいとも思わない。知らないことを調べようとすぐにネットで検索することもしなくなった。天の恵みだと思うようになった。わからないことは、一番わかっている先人に聞くことを覚えた。ヒダカさん、シミズさん、アオキさん。時々会う農家の友達たち。アスパラガスの葉っぱの形も知らなかった僕が今ではアスパラガスの葉っぱが好きすぎて、家の花瓶に挿している。ヒダカさんが育てているアスパラガスの葉っぱだ。そのアスパラガスの味も知ってる。どのアスパラともやっぱり違う味だった。ヒダカさんが自由に締め付けずに草も抜かずに育てているアスパラガスの味だ。ヒダカさんの甥っ子のとうもろこしの味も美味しかった。今は僕もとうもろこしを育てている。きっと違う味だろう。そして、それもきっと美味しいんだと思う。

僕は自分で育てた野菜たちの味が好きだ。そんなことを考えたことがなかった。自分の育てた野菜にも、それ特有の味があるなんてことを。だから知らないことが、今では恐れから楽しみになったのだ。僕がこれまで知らないと恐れていたことはすべて楽しみに今は変わっている。そんな日が来るとは思わなかった。僕にとって、自然、植物とは、知らないものだった。知らないけた。知らないことを恐れていた。知らなくてもいいや、だなんて考えたことは一度もなかった。知らないけど、どうやって知ることができるのか、もちろん畑をやればいいとはわかっていた。でも、僕は畑をやることを今まで一度も誰からも教えてもらったことがなかった。いや、一度だけ教えてもらったことがあった。そのことも思い出した。

多摩川に住む路上生活者の船越さんに僕は野菜の育て方を教えてもらっていた。でもその時、僕は何も知らなさすぎて、混乱してしまった。今なら、その理由がわかる。自分で選ばなかったからだ。人の畑で学ぶことはできない。自分で畑をやって、そして、毎日、畑にいくことで、僕は知る喜びを味わった。もしかしたら、こんなに知る喜びを感じたのは、初めてのことだったのかもしれない。僕はなんでもやってきた。一人で本の書き方を身につけたし、絵もそうだ。歌だってそうだ。セーターも基本的なことはアッコ先生という90歳の女性に教えてもらったが、あとはすぐに自分で我流でやった。ガラスだって陶芸だって自分一人で自分なりの方法を見つけることに関しては、僕はよくやっていたんだと思う。でも、僕は知る喜びを味わっていなかったのかもしれない。僕はいろんな動きをすることができたから、その器用さで、なんとか乗り越えていたんだと思う。でも、何か足りなかった。自分の生活を自分で作り上げるって時に、そうだ、僕は自分で会社も立ち上げた。それでなんとか食っていけるようにまでなった。それもできた。でもまだ足りなかった。

そして、畑と出会った。土に戻ってきたわけだ。離れていること、離されていることに気づかずに、いや、気づいてはいた。でも、どうすればいいのかわからなかった。その意味で、僕は孤児だったんだと思う。孤児として生きていた。親もいるのに、家族がいるのに、僕はどこか孤児みたいな不安があった。それが僕の躁鬱病という病を発動させていたんだと思う。そして、その病をバネにして、力にして、武器にまでして、僕は生きてきた。でも、今、その必要が全くなくなっていることに、僕は気づいている。

僕は今、健康であることを実感している。僕なりの健康を見つけている。僕の健康とはつまり、恐れとは何だったのかということに気づくことだった。ヒダカさんの土地を借りて、生まれて初めて、自分で耕し、野菜を育てるための土と遭遇した。それは単なる思いつきのはずだった。Covid-19が流行している最中、スーパーで買い物している時に、僕はふと、自分のセーターも自分で編んだ、自分のギターも自分で作ったんだから、自分が食べる野菜も自分で作ろうと思い、そのまま区役所に電話した。そしてヒダカさんの土と出会った。偶然としか言いようがない。それなのに、必然としか言いようがないのは、偶然と必然が二つに分かれていない、土の中での出来事たちを知っている僕は、驚くことはないし、ただ感謝の気持ちを表すだけだ。

ありがとうございます。

朝、採ったばかりのきゅうりを食べる。

ありがとうございます。

トマトを一口で食べると、そのトマトの味がそのまま口の中に染み渡り、鼻から香りが抜けていく。

ありがとうございます。

それがそのまま僕の体となる。土の中のいろんなもの、あらゆるすべてのものが、僕の小さな細胞に触れている。内側の器官の中で新しい生活がはじまっている。そこがあの僕の畝の土の中のように心地よいものでありますように。僕はヘンテコな祈りの言葉を続けた。

僕は感じ過ぎなのかもしれない。ただ野菜を作って食べただけの話だ。畑をはじめたばかりの新人が、ただ舞い上がっているだけなのかもしれない。そうとも思う。でも、もしかしたら、違うのかもしれないとも思う。なぜなら、このような知る喜び、体の細部にまで感覚が行き渡る経験、土の中と僕の体の中、夢の中、精神が、内奥が、一つになったり離れたり、色が変わったり、形を持って、太陽の光を浴びたり、夜になったり、日が沈んだ後の夜が、また土の中を産み出したり、僕の忘れてた記憶を引っ張り出したり、しかもそれは僕の記憶なんかじゃなくて、誰かの、先祖の、血のつながりを超えた昔の人、太古の人、人でなくてもいい、野菜でも、石ころでも、それが土の中にはすべてあると気づいた時、真っ暗な夜の世界が一面の大海原に見えたこと、それらは紛れもなく、僕の中で、外で、知覚を通して、感じたことであり、この目で見たことであり、目に見えなくても、五感を超えて、実際に経験したことだ。

まだ家族は寝静まっている。でももう夜は明けた。僕はガラス戸を開けて、ベランダに出た。昨日はあんなに蒸し暑かったのに、朝は肌寒い。雨音はしない。僕はまた空を見た。曇りだが、雲は薄く、向こうには有明の空の光が、橙色というよりも、赤く滲んでいる。静かな朝だ。鳥の声が以前より耳に素直に入ってきているのを感じている。今日は日曜日だ。夏至だ。夏至のことを、夏至だと思って、起きて空を見たのはきっと初めてのことだと思う。大安だ。新月だ。今日は日食まで見られるらしい。季節も併走している。そんなことだって、僕はいつも気づかず過ごしていたのだ。

あ、そういえば今日は父の日だ。

朝ごはんを食べていると、親父から電話がかかってきた。親父から電話があるなんて珍しいことだ。

「おはよ、親父。どうしたの？」

「いや、あのこの前、展示見て、ほら、恭くんの絵が良くて、ほら、恭くん、絵をくれるとかなんとか言ってたたい」

「あ、いいよいいよ」

親父はいつも子供みたいなお願いをする。

「今日、アトリエに見に行こうかなと思って」

「そうね、二人ともアトリエにきたことないもんね。いいよ」

「恭くん、何時頃いるとね？」

「毎日１時から４時頃までいるよ。その後畑に行くから」

「わかった。じゃあ、1時過ぎにお母さんと一緒に行くよ」

昼ごはんは家の近くの「いま村」に家族で行って、ざるそばを食べた。コロナ騒ぎも落ち着いて、店も繁盛していた。ほっと胸を撫で下ろす。そのまま、みんなでアトリエに行くことにした。

昨日焼いていたことを思い出し、電気窯の蓋を開けた。

畑の土の陶器が完成していた。しっかりと焼けていた。鉢はまぎれもなく鉢で、畑の神様たちも穏やかな佇まいでニッコリ笑ってた。

土と出会い、土を耕し、野菜を育ててもらい、土に触れ、土を舐め、土を食べた。

その後畑の神様が畑の土から現れた。土の鉢にはきっととれたての野菜たちが並ぶんだろう。

ヒダカさんにも畑の神様を持って行こう。

ゲンが電動ろくろを触りたいと突然言い出したので、土をセットしてあげた。あとは教えなくていいと言う。自分でやってみたいらしい。僕と一緒だ。まずは自分でやってみないと納得しない。満足しない。基本的に教えることは必要ない。一人でなんとなくやって、器用に麦茶用の湯飲みを作り上げていた。感心しつつ、僕は糸でろくろから離してあげて、僕の作品の横に置いた。

乾燥させたら、素焼きしてあげよう。

親父がやってきた。遅れて母ちゃんがやってきた。二人に額装された僕の絵を5点見せた。

「どれがいいかな？　恭くん選んでよ」

母ちゃんが言うので、僕は鳥の絵がいいかなと思って指をさしたら、親父がそれではなく、真っ青の気持ちの良い人物の絵を指さした。

「なんかこれがいいな」

親父が言った。

「むっちゃん、これでいい？」

親父が小学生みたいに母ちゃんに言った。

「そうね、なんか気持ちいい青空みたいな色だし、居間にあったら元気になりそう」

二人ともずっとうちに来る時コロナを孫にうつしちゃいけないとマスクをしてた姿が僕の頭に浮かんだ。

「親父が好きな絵にしなよ。今日、父の日なんだから。好きな絵あげるよ」

「わ、いいな」

母ちゃんが言った。そういえば、もうすぐ7月1日の母の誕生日も近いことを僕は思い出した。何にも言わなかったけど、母ちゃんには最近、描いているパステルの絵をあげようと思った。

二人も家族も全然帰ろうとしないから、僕は仕方なく、自分の仕事に戻った。パステルを取り出し描き始めた。

昨日、初めてパステル画を描いたアオが興味津々に僕の色の選び方、パステルの塗り方を見ている。

ゲンはもう一つ陶器を作り始めた。

「上手ねえ」

母が珍しく、僕の仕事に感心している。しばらく見て、みんなで買い物に行くと言い出して、帰って行った。

その後、一人でパステル画を2枚描き上げた。1枚は畑の裏の権現山の絵。もう1枚は僕の家の裏の花岡山のふもとにある、今は熊本地震で崩れてしまった、北岡自然公園の6年前の今日と同じ日に散歩に行った時に撮った写真を見て描いた。

どちらともいい絵になったと思う。

時計を見ると、もうすぐ4時だ。そろそろ畑へ行こう。僕は妻のフーに電話をした。

「ちょっと頭が痛くてね。風邪がまだ長引いてるのかな」

フーが言った。

「でも畑に行ってみたら？　俺、偏頭痛も畑に行ったらすぐ治るよ」

「そっかあ。そうねえ。畑行く」

二人で畑へ行った。車ではは っぴいえんどの「春らんまん」がかかっていた。今日の夜、ライブでこの曲を歌うから練習がてら、僕は一緒になって歌った。また空を見た。昨日とももちろん空が違う。金峰山の頂上の鉄塔はよく見えた。いくつか気になる空の形、空の色を見つけたが、その度に車を止めていたら、ライブに遅れるから、今日は撮影を我慢した。でも、それでもいいと思えた。今日は、いい絵を描けたから満足したんだろう。１００枚描きあげようと思っていたパステル画も85枚になっていた。もうすぐこの仕事も一区切りだ。

「今日、ヒダカさんいるかなあ」

「えっ、最近、会ってないの？」

「そうなんだよね。ちょっと寂しくて」

「そっかあ」

「とは言っても、会っていないの2日だけなんだけどね」

フーが笑った。

「よかったねえ。ヒダカさんに出会えて」

「ほんとよ」

畑に着いたが、ヒダカさんの車は今日も停まっていなかった。

「今日は電話しようかな」

ヒダカさんに電話すると、すぐに電話に出た。

「はい、ヒダカです」

「あ、ヒダカさん、あの、とうもろこし、ってそろそろ採り頃かなあって思うんですけど、どうかなあって思って」

僕は適当に理由を見つけてそう言った。

「じゃ、今すぐ行くから」

ヒダカさんはすぐ来てくれた。今日も、仕事を終えたような普段着でやってきた。

「とうもろこしは、まだ中が柔らかいからなあ」

そう言って、ヒダカさんは僕の隣のシミズさんの隣のスガさん夫婦が育てているとうもろこしコーナーに僕を連れて行って、

「これくらい固くなって、ヒゲの色が変わったら、美味しいよ」

と教えてくれた。そして、しばらく僕の畑に戻って、三人でゆっくりした。

「トマトうまそうやなあ」

ヒダカさんがつぶやいたので、僕は一つ摘んでヒダカさんに初めてトマトを渡した。一番はじめにヒダカさんに教わったことがトマトの育て方だった。マルチのかけ方、棚の作り方、芽の摘み方、茎の補強の仕方。そして、僕がトマトの棚を竹で作った時から、ヒダカさんが興味深い目で僕を見るようになった。そこからは秘蔵っ子としての道を歩み出した。どうかな、美味しいかな。僕は自分のトマトが美味しいとは思ってたけど、ヒダカさんがどう感じるのかは分からず、ちょっと緊張した。

「むちゃくちゃうまいなあ。毎日きてたもんなあ。これだけ育てるのはたいしたもんだ。初心者なのになあ。まだ始めて2ヶ月もたっとらんのになあ」

「ありがとうございます」

食べ終わると、ヒダカさんは自分の畑を見に行った。今日は朝5時から畑で作業していたらし

いけど、また気になってるかあ、すごいなあなんて思ってたら、手にいっぱいのピーマンを抱えてやってきた。

「ほれ、持ってけ」

「えっ、いいんですか？」

ヒダカさんのピーマンはやっぱり僕のピーマンとは全然違う形をしていた。凜々しくて、ガッチリしていた。それに比べると、僕のピーマンはやっぱりまだ未成年って感じだ。食べたら、きっと味も違うんだろう。

「それじゃあな」

ヒダカさんが車に戻ろうとすると、

「にゃー」と遠くから聞こえてきた。

ノラジョーンズだ。ヒダカさんと一緒にいるときはいつもノラジョーンズは声をかけない。待っているんだろうか。教わっている時には絶対に邪魔をしないノラジョーンズが好きだ。

「ノラ！」

ノラジョーンズはなでると、目を瞑って、ゴロンと地面に横になった。元気そうだ。僕は安心した。餌をあげていると、

「仲良いな」

とヒダカさんが珍しく、僕とノラジョーンズが一緒にいる時に声をかけた。そしてヒダカさん

は車に乗り込んだ。

「ヒダカさん、ありがとうございます」

ヒダカさんは手を一度あげて、バックしようとしたが、車を止めて、窓を開けた。

「また明日な」

「また明日きます」

そしてヒダカさんは帰って行った。そしてノラジョーンズのお皿にカリカリを入れた。

「ノラジョーンズ、また明日ね」

呼びかけると、一瞬、こちらを見て、そして、すぐに皿に顔を突っ込んだ。

エンジンをかけると、はっぴいえんどの最後のアルバム『HAPPY END』の最後の曲『さよならアメリカ　さよならニッポン』が流れた。日の長い夏至の明るい6時の帰り道、延々と2コードで「さよならアメリカ　さよならニッポン」という歌声が反復し続けていた。

こんにちは土、と僕は思った。どっちの道を歩いても、僕の足はいつも土の上。さよならと土になっても、また命がこんにちは。その死はいつでもハッピーエンドだ。たまたまかかった曲だ。別に意味はない。でもハッピーエンドって言葉が、いつもとは違うように僕の耳に届いていた。体の中で無数のハッピーエンド。

そして、ハッピーエンドが詰まった土の中で、僕はまだ生まれたばかりだ。

さよならの言葉の意味もまだ知らない。

19

２０２０年７月２日、畑69日目。

しばらく畑のことを書くのを休んではいたが、この間ももちろん畑には毎日行っていた。野菜たちの成長は止まることがない。

６月26日、とうとうとうもろこしができたから収穫しようと楽しみに畑に行くと、とうもろこしの茎がいくつか折れている。風が強かったからか、でもそんなことは今までは一度もなかったからおかしいなと近づいてみると、とうもろこしが食い尽くされていた。カラスにやられたのだと思った。最近、よくうちの畑のトマト棚の上にカラスがとまっていた。トマトはしっかり棚に網を張ってあるので食べられないから、とうもろこしを食べたのかもしれない。しかしどうやって、あんな高いところのとうもろこしを食べたんだろうか。６本実っていたのだが、そのうちの４本をすっかり食べられてしまっていた。でも不思議と嫌な感じはしなかった。残念ではあったが、これまで僕の畑は動物には食べられたことがなかったので、とうもろこしくらいいいかと思った。

車の音がするので、見るとヒダカさんだ。

「ヒダカさーん」

久しぶりにヒダカさんと会った。梅雨に入ると、ヒダカさん以外の畑仲間とはあんまり会わなくなった。誰もいない畑は熱帯のジャングルみたいに鬱蒼としていて、植物たちだけがゆっくり成長している。おかげでどこもいろんな野菜が実っている。雨だから人がいないために、雑草は伸び、網を張っていないトマトは食べられている。僕はノラジョーンズに餌をあげたいから、雨が降っていても毎日きていた。

「どうした？」

「とうもろこしが食べられてしまったんですよ」

「えっ？」

いつもなら、ヒダカさんは自分が知っていることをすぐに教えてくれるのだが、今回は無茶苦茶驚いていた。そして、僕よりも残念そうな顔をした。

「なんやろ、これは」

ヒダカさんはまるで子供みたいに、とうもろこしの周りや、食い散らかされた実を手に取って観察しては、残念そうにしている。

「カラスですかね？」

「いや、カラスはこんなふうにしては食べられんな。ちゃんと剥いてる」

「確かにそうですね。じゃあ？」

「猿か……」

「猿ですか」

「もしくは、人間か？」

「人間ですか？」

さすがに人間じゃないだろうと思って、持っていたiPhoneで調べたら、ハクビシンのとうもろこしに対する執念がすごいという記事を見つけた。

「ハクビシンみたいですよ」

「ほお」

これまでとうもろこしを育てている人があんまりいなかったようだ。昨年、僕の隣の隣の人がとうもろこしをつくって、それがとにかく美味しかったらしく、ヒダカさんも絶賛していた。だからその人は今年は畑の全てをとうもろこしにしていて、子供に食べさせたいと思っていたようである。僕より3ヶ月前に始めたスガさんもとうもろこしの実一つ一つにちゃんと網をかぶせていた。スガさんのところはどうなのかと見に行くと、とうもろこしの実だけでなく、茎から全てすっかり姿を消してしまっていた。あんなに実っていたのに。見ると、刈った草や枯れた野菜を置く場所に大量のとうもろこしの残骸が並んでいた。食い散らかされたとうもろこしの実もあった。ヒダカさんは残念そうに、そしてスガさんのことを心配するように、その実を手にしていた。

僕はもう一回、自分の畑に戻って、食われてしまったとうもろこしを取り出してみた。確かに先から真ん中くらいまではしっかり食べられているけど、根元の方にまだ実が残っている。つい僕はとうもろこしにかぶりついてみた。ハクビシンが食べた後も、汚いものだとは思わなかった。切って、残りを食べたらいいと思った。こんなふうに思ったことも畑をしてからだと思う。よくわからない生き物が食べたら、汚いと思っていたはずだ。今なら平気な顔で食べられる。

ハクビシンが一心不乱に食べたであろうとうもろこしは、最高に甘くて、生で食べても十分なくらいの甘さで、とんでもなく美味しかった！

こりゃ捨てるわけにはいかないと思い、ハクビシンが食い残していたところは持って帰ることにした。それだけだと寂しいので、まだ完全には実っていなかったけど、無事だった未成熟のとうもろこしも食べてみることにした。家に帰って茹でたら、抜群だった。来年もまたとうもろこしをやってみたい。ハクビシン対策だから、これまでやってきた麻紐の網じゃ効かないだろう。防虫用ネットくらいのきめ細かいものにする必要がある。来年挑戦してみよう。畑をはじめてから、時間の感じ方が変化してる。僕は毎年やっていることが違うので、いつも1年先どころか3ヶ月先のことも考えていなかった。今は1年後が遠い未来じゃなくなっている。しかも今という時間を過ごしながら、来年の僕も数年後の僕も畑にいる。不思議な感覚だ。

後日、再びハクビシンにやられた。残り2本だったが、そのうちの1本を食べられたので、残りはまた未成熟のまま収穫した。まだ実が全面についてはいなかったけど、やっぱり甘くて美味しかった。

夏至から数えて11日目の日を半夏生《はんげしょう》というらしい。そんなことも知らなかった。半夏生の時にまで田植えを済ませないとちゃんと収穫できない、とヒダカさんに教えてもらった。半夏生はその年が豊作かどうかを見極める日でもあるという。確かに夏至を過ぎてから、突然、収穫量がぐんと伸びた。トマトも毎日10個以上収穫している。ピーマンも大豊作だ。カボチャも収穫した。一番始めに植えたものは、ほとんど収穫できた。残っているのは、メロンとスイカだ。そして、6月29日、畑66日目にとうとうスイカを収穫した。スイカを叩いて、響きがこれまでと違って、弾くような音になったら食べ頃だとヒダカさんに教わった。叩いてみると、確かにこれまでと違う音がする。実の近くのツルが真っ黒に枯れていた。これも食べ頃の合図のようだ。今回、畑をはじめるにあたって、スイカは一番作りたいと思っていたし、何よりも、僕が一番好きな野菜、果物でもある。

僕はいつも自分が何かをつくる時に、好きなものをつくる。これは当たり前のことだけど、なかなかそれができなかったりする。例えば、編み物をした時に、セーターが好きだからといっていきなりセーターを編むのは難しい。手袋をやってマフラーをやって少しずつ技術を身につけて、セーターをつくる。でも、僕の場合はそれだと全く技術が身につかない。手袋を作った時点で飽きてしまう。欲しいと思っていないもの、着たいと思っていないものはそもそも作れない。とにかく自分が今、一番欲しいもの、それをつくると全部うまくいく。そりゃ当然だ、僕が身につけたいと思っているんだから。というわけで、僕は編み物もセーターからつくった。大変だったけど、欲しいのはセーターで、しかもメリアス編みの普通のセーター。模様なんかいらない。とにかく欲しいものだけをつくる。これが僕の上達のためのコツである。

畑だって、だから食べたいものだけをつくった。それなら豊作でも、嫌にならない。いくらでも食べたいものだけをつくる。

その中でも一番食べたかったスイカができた！

いい形。今回は、上に這わせる栽培方法でつくったので、スイカが重力で垂れ下がるけど、麻紐でそれを支える棚を作った。それがうまくいったみたい。そういえば、一番はじめに実っていたスイカは切れてしまった。あれもいい思い出。野菜はどんどん成長する。どんどん変化する。どんどん実っていく。その度に畑の経験値はどんどん膨らんでいく。安定していく。気づいたら、僕の精神も今ではすっかり平穏そのものだ。健康そのもの。僕なりの健康を創造することができたんだと思う。今は畑の土みたいな気分だ。からっからの天気の時もあれば、雨が降る時もある。でも土は変化しつつ、安定している。畑をはじめて本当に強くなったと思う。今は、他の生き物を育てる、ということが全く恐ろしくないし、わからなくなって混乱することもない。とにかく一緒にいて、ずっと観察する。それさえしていれば、わからないこともないし、枯れることもない。美味しい実りが待っているから楽しみだし、この過程全てが喜びだと体がわかっているし、感じているから、僕も驚くほど落ち着いている。この2ヶ月の変化は本当にびっくりだ。

さらに違う段階に入っているような感じもしている。

ノラジョーンズもすっかり僕に懐いた。体を僕に押し付けてくる。撫でてあげると、地面に寝転び、お腹を見せてくるようにまでなった。以前は、餌を食べたらすぐにいなくなっていたが、今は餌をあげる前にしばらく撫で、餌を食べている時も撫で、食べ終わったあともいなくならないので、撫でている。餌が欲しいから近寄ってきていると思っていたが、どうやらそれだけではないらしい。ノラジョーンズと、手で触りながら、遊び、会話している。この時間が僕にとって大事なのだとわかってきた。僕はそれまで動物と慣れ親しんだ経験がないから、いろいろわからないことばかりなのだが、この感じは、恋人と仲良くなっていく感じともまた違う。子供とも違う。言葉は通じ合わないが、その分、普段使っていない、手の感触や声で親しみを伝え、そして受け取るので、これまで使ったことがない体のどこかが喜びを感じている。毎日のこの対話からも、僕はずいぶん助けられているんだろうなと思う。

帰ろうとすると、ノラジョーンズは近くのコンクリートブロックや柵なんかに体をなすりつける。もっと遊びたい、対話したいのかもしれない。ノラジョーンズの鳴く声が「にゃー」じゃなくなってきている。何か喋っているような声を出す。僕の声を真似しているのだろうか。顔も変わってきた。目も変わってきた。今では信頼関係がある。抱っこまでできた。一緒に記念撮影した。ノラジョーンズとの関係もどうなっていくんだろう。いつか離れたりするのかな。それは辛いな、と一瞬だけ考えた。今がとても貴重な時間だということを体が感じている。

パステル画もぐんぐん進んで、今日3枚描いたら、なんと96枚になっていた。

畑をはじめて、畑までの道を眺めている中で、風景を発見し、僕はパステル画を描くようになった。僕はこれまでずっと抽象画を描いてきた。しかし、具象画を一切描かなかったわけではない。取材のためのフィールドワークなどをする時は、記録のために写真ではなく、スケッチを残してきた。フィールドワークの時の具体的なスケッチ、そしてアクリルで描く抽象画。僕が描く絵は具象、抽象と両極あったのだが、パステルの風景画はその二つが合体したような感覚がある。畑での作業を経て、僕なりの統合が実現しているのかもしれない。一つになっているというよりも、分裂したままの状態で同居している。絵も土のようになっているようだ。描く絵も歌う歌も書く文章も4月に畑をはじめてずいぶん変化した。何よりも僕が健康なのだ。自分にとっての健康とは何か、ということがはじめてわかったような気がする。それとともに絵も変化していった。

このパステルシリーズは生まれて初めて、描きたいと思う主題を見つけたんだと思う。そして、自分に合った画材とも出会えた。近所の風景とシュミンケのパステル。すべては畑へ行くことからはじまる。僕は今、自分がやるべき、そしてやり続けていきたいと思う表現方法と出会っている。そのための技法とも一体化している。僕はこんな状態で世界を見たことがない。いつも何かが欠けていた。絵を描いても文章を書いても、一体何を生み出そうとしているのかわからず、よく嘆いていた。

僕は今、毎日、天候のことを気にしている。空を毎日見ている。雲の変化を見ている。空の青さの違いを確認している。雨を見ている。雨上がりの水面を見ている。水面に映った風景を見ている。遠くの山の色は何色かなと考えている。木漏れ日を探している。葉っぱに光が当たって眩しい様子は白なのか、黄なのか、発光した緑なのか迷いながら見ている。濁った水面は本当に青いのか、観察している。おそらく子供の時よりも観察している。こんなことは初めてだ。僕は風景よりも、自分の精神状態がいつも心配だった。「大丈夫かな」と観察するのはいつも自分のことだった。でも今、僕は自分を一切観察していない。僕は外だけを観察している。人間以外の生き物、無生物を観察している。その色や形の変化、時間の経過、季節の移り変わりの変化を観察している。観察した様子、変化の過程をそのままパステルで、色と形にしたい。パステルの粉が積み重なり、二次元の絵を超えていく。僕は自分の媒介を見つけたような気がする。もうすぐ100枚だ。絵もまた野菜と同じように毎日実っている。そんな日々はやはり力強く、柔らかく、何よりも喜びに満ちている。

畑に行くと、トマト十数個、ピーマン、大葉、苺、きゅうりを収穫した。今日も豊作だ。梅雨の合間の晴れ渡る青空。もうすぐ夏の畑がはじまる。今日は採れたての野菜と一緒に焼肉をした。カボチャが甘くて美味しい。自分がつくる野菜は全部美味しいじゃないかと驚いている。それは当然だと思うと同時に信じられない。こんな感情の変化が毎日訪れる。元々人間の感情は、他の生き物と向かい合うことで、風に揺れる雲みたいに、1日の中でもこんなふうに常に移り変わっていたんだろう。

20

2020年7月4日、畑71日目。

今日は朝から書こうと思ったが、書くことはないからぼうっとしてた。5月からほぼ休みなく、ずっと原稿を書いてきて、それで2冊の本を書き下ろし、さらに2冊の新刊本の推敲をした。これで夏までの仕事をほぼ終えたということになる。明日まで仕事をしたら、これでいったん一区切りつけられそうなので、5日ほど夏休みをとることにした。日課を続けることが健康につながる僕にとっては、休みをとるとどうなるか、実はいつも不安である。でも、休みも必要だ。いつも休むといいことがある。

朝、荷物が届いた。あけると7月14日に発売される新刊『自分の薬をつくる』が届いていた。嬉しい。27冊目の本である。いい感じに仕上がっていた。

雨が降っている。かなり強めの雨だ。球磨川《くまがわ》が氾濫したようだ。もしかしたら、家の近くの白川の水位もあがっているかもしれない。球磨川が氾濫したのを聞いたことがない。氾濫するといえば、いつも白川である。しかし、白川の水位はそこまで上がっていなかった。今日は今度出るニューアルバム『永遠に頭上に』のミュージックビデオを撮影するため、後輩のタロ監督が熊本に来る。タロに電話して、中止するかと聞いたら、もう家を出ているという。雨がどうなるかわからないが、とりあえずやってみることにした。

球磨川はかなり大変なことになっている。市内は次第に雨が弱まってきた。晴れ間も見えている。というわけで撮影をすることにした。ただ僕の普段の生活をそのまま撮るだけなので、いつものように日課をこなしていく。駅にタロを迎えにいって、そのまま畑へ。雨が降ったので、少し心配になっていたからだ。

畑に到着すると、午前中なのに珍しくノラジョーンズの鳴き声が聞こえてきた。ノラジョーンズと僕との間では、餌をあげる時間が午後5時と決まっていて、その時間以外にはノラジョーンズは顔を出さない。雨だとノラジョーンズは濡れるのが嫌いなので、一切姿を現さないから、僕はびっくりした。いつもなら茂みの奥からちょっとずつ近づいてくるのだが、今日は全然違うところからやってきた。変だなと思った。いつもは餌をもらえないといけないからか、走ってくるのだが、今日はゆっくりだ。普段と違う、と僕は思った。

ノラジョーンズはいつものように僕と待ち合わせする場所に到着すると、静かに伏せた。僕は撫でようと思って、手を伸ばしたのだが、いつもみたいに顔を寄せてきたり、体を押し付けたりするわけではない。落ち着いた様子で、黙ってこちらを見ている。何かを伝えようとしているのを僕は感じ「どうした？」と声をかけた。少し疲れているような、でもそんなに悪い状態ではなさそうだ。一体、何があったのかなと思っていると、また鳴き声が聞こえてきた。ノラジョーンズではなく、別の猫の声だった。

えっ、と驚いて、茂みの奥を覗くと、猫の影が見える。また鳴き声が聞こえた。もしかしてポンポコか。いや、オスの声じゃない。もっと細い声だ。呼ばれたからか、ノラジョーンズはゆっくり立ち上がり、茂みの奥に消えていった。餌もいらないのか。僕はノラジョーンズの後を目で追った。すると、また声がした。見ると、二匹の小さな猫がぴょんと軽く飛んでいる、ノラジョーンズが近づくと、二匹を舐めはじめた。

なんとノラジョーンズは子供を産んでいた。何歳なのかはわからないが、猫のことをよく知らない僕はノラジョーンズのことを、子猫とまでは思わないが、それでもまだ子供だと思っていた。しかし、時々桃色の乳首が見えていたので、メスということがわかっただけでなく、なんとなく、妊娠する予感はあったが、もうすでに生まれていた。ポンポコとの子供なのだろうか。

猫がどんなふうに妊娠し出産するのか。調べてみると、猫は妊娠して65日後に出産するらしい。僕がノラと出会ってそれくらいの時間が経過している。しかし、それまで僕は一度も妊娠していると感じたことがない。しかも子猫は二匹である。妊娠していたら、わかるはずだ。おそらく僕は出産した直後のノラジョーンズと出会っていたのだろう。

こりゃ大変だ。僕の本も今日生まれたが、ノラジョーンズの子供まで生まれていた。めでたいことだから、僕はカリカリを袋ごと持っていって、餌皿に大量に入れた。茂みの奥ではノラジョーンズと子猫二匹が戯れている。「ノラジョーンズ、ご飯だよ」と声をかけて離れた。ノラジョーンズが食べはじめると、奥で鳴いてた子猫がまずは一匹やってきた。少しよろけるようにこちらに向かってくる。たまらないくらいかわいくて、僕は喜んだが、すぐ橙書店店主の久子ちゃんが言ってたことが頭を過ぎる。

「猫はねずみ算式に増えていくから、もしもちゃんと付き合っていこうと思ったら避妊が必要になるし、子猫が生まれたら、誰かに里親になってもらった方がいいかもしれないよ」

さらにもう一匹の子猫もノラジョーンズの隣にやってきた。ノラジョーンズは顔をあげて、食べなさいと声をかけるような素振りをした。子猫はそのまま皿に顔を突っ込んだ。その後すぐにノラジョーンズも顔を突っ込んだ。親子共々腹が減っているのだろう。無心で皿のカリカリを食べている。ノラジョーンズの乳首は桃色に光っていた。まだ授乳もしているはずだ。僕は久子に電話をした。

「子猫がいた」

「もしかして産んだ？」

「多分あれはノラの子供だね。似てるもん。かわいいよ」

「ノラも子供たちも避妊しないと、どんどん増えちゃうよ」

「そうだよね。でもなんとなく、そのままにしておきたいような」

「そうねえ」

「ちょっと様子見てみる。いやあとにかくかわいいよ」

また新しい物語がはじまりそうだ。一体、どうなっていくのか。そっとご飯を食べさせるために、僕はさっと離れて畑に向かった。

強い雨が降ろうが、もちろん畑の野菜たちは元気いっぱいだった。雨は止み、雲の間から光が差し込んでいる。タロがビデオにヒダカさんも出演してほしいと言うので、電話をかけてみた。お孫さんの声が聞こえた。家族団欒中にごめんなさいと思ったが、ビデオに出演してほしいと伝えると、いつものようにヒダカさんは「今から行く」と言った。いつも僕が呼ぶと、すぐにきてくれる。申し訳ないなと思いながらも嬉しい。畑の真ん中で、ヒダカさんがホースの水を、傘をさしている僕に向かってかけるというシーンを撮影。畑で雑談してる姿も撮った。

僕とヒダカさんはスイカの様子を観察していた。指でポンポン叩きながら、一番成長していたスイカの音をヒダカさんに聞かせようとした。

「難聴なんよね」

と言いながら、ヒダカさんが顔を近づけた。耳元でスイカの表面をポンと指で弾いた。

「いい音やな。もう今日収穫してもいいよ」

自分でも収穫のタイミングがわかるようになってきた。

「このカボチャももういいぞ」

ヘタのところが、乾燥し、ひび割れている。確かにこれも収穫どきだ。ピーマン、きゅうり、トマト、とうもろこし、カボチャ、そしてスイカだったら、僕も収穫時の様子がわかるようになった。それが嬉しい。畑にいると、毎日、蘊蓄《うんちく》が増えていく。身になるウンチクだ。あらゆる仕事は、対価としてお金をもらって、そのお金で食べ物を買う。ところが畑だとお金を介さずに、直接食べられるものが出来上がる。仕事をして出来上がった完成品がそのまま口に入っていく。そのまま栄養になる。仲介がない。仕事がそのまま体の栄養になる。今、健康なのも当然だと思った。野菜を売ってお金にすると、また鈍くなるのかもしれない。自分の栄養のために畑で野菜を作り続けようと僕は誓った。

トマトもたくさん収穫できた。今日は、スイカ、カボチャ、ピーマン、トマト、大葉を収穫した。7月に入ってからは毎日、大豊作だ。

猫たちのところに戻ると、まだ子猫が一匹だけ残っていた。「子猫が現れたってことは、大体授乳は終わっているのかもね。だからあなたのところに連れてきたんだよ。これからよろしくお願いしますって紹介しにきたんだよ」と久子が教えてくれた。子供を一匹で食べにこさせるんだから、信頼されているのかもしれない。そういうノラジョーンズの気持ちに僕は嬉しくなった。

アオキさんがやってきた。アオキさん夫婦に、子猫ができたことを伝えると、二人ともすごく喜んでいた。

「ずっと一人だったからなあ、家族ができてよかった」

「そうだったんですか」

アオキさんはここで畑をはじめて3年目なので、ちょっと前のことも知っている。

「前はたくさんいたんだよ。畑の向かいに一軒家があってね。元々、この辺の猫たちはその家に住む一人のばあさんが育ててた。ばあさんは亡くなっちゃって、家も解体されて。それからうちらが餌をやるようになったんだよ」

アオキさんは自分のスマホを取り出して写真を見せてくれた。

「これがね、お母さんだよ」

顔が白くて黒い斑《ぶち》がある凜々しい猫だった。これがノラジョーンズの母親なのか。

「今もどこかにいるんですかね?」

「わからんけどねえ。何匹かは交通事故で亡くなっちゃってね。気づくと一匹だけになってた」

僕はよくわからないけど、泣きそうになっていた。

「家族ができてよかったですね。本当によかった」

僕は頷きながらずっとそう言っていた。アオキさんも夫婦で喜んでいた。

ノラジョーンズと同じようなキジトラの子が一匹、もう一匹は綺麗な青い目をして手足が真っ白だ。

「キジトラの子が、ラヴィ、そして、お前はシャンカル」

僕は思うままに名前をつけた。本物の歌手のノラ・ジョーンズの父親は、僕が20歳の頃大好きだったインド人のシタール奏者の伝説的な人物で、名前をラヴィ・シャンカルと言う。サンスクリット語でラヴィとは「太陽」、そしてシャンカルは「幸福を与える」という意味があるという。

どちらもうってつけの名前じゃないか。アオキさんの話を聞く限り、この猫たちは、先祖代々ずっとこの土地で静かに育てられてきたみたいだ。避妊も里子に出すこともせずに、この場所でゆっくり育ててみたい。満たされた気持ちになった。猫の家族を見て、こんな気持ちになったのはもちろん初めてだ。野菜も大収穫だし、僕の本もできたし、ノラジョーンズには幸せな家族ができた。豊かな1日だった。

21

2020年7月5日、畑72日目。

熊本市内は問題なかったが、人吉や八代は大変なことになっている。二〇一一年三月原発が爆発し、僕は東京から熊本に移住した。そして何を思ったのか新政府を立ち上げ、福島から子供達を五十人無料で招待する「0《ゼロ》円キャンプ」を実施した。「0円キャンプ」を一緒に手伝ってくれたチカオはすぐにボランティアで行くらしい。そして無償じゃなくて有償ボランティアを募ってみたい、そのためのお金集めをしたいというので、何か力になれたらいいなと思う。僕の絵を、チャリティーで販売すればそれなりにお金が集まるかもしれない。というわけで、僕が毎日、描いている絵はこういう時にいつも助けになってくれる。そのうち動くことになるかもしれない。朝から原稿。タロが後ろで撮影している。僕の場合は、どんな邪魔が入っても原稿を書くことは一切、ブレない。すぐに15枚書き終わる。

天気はまだ不安定だが、少し晴れ間が見えたので畑へ。

昨日の雨は本当に酷かったが、畑は無事だった。ノラジョーンズはどうだろうか。昼間だったからか今日は顔を出さなかった。二匹の子供もいることだし、三匹分の餌を皿に盛っておいた。

ヒダカさんも畑にいた。

「また連載載ってたなあ」

ヒダカさんは、熊本日日新聞で僕が連載中の記事について話しはじめた。

「読んでくれたんですか？」

今回はヒダカさんのこと、畑のことを書いていたのだ。

「載ってたのはうちの畑の写真だよな？」

「そうですよ」

「あの絵は描いてないの？」

そういえば僕は自分の畑の絵をまだ一枚も描いていない。今日、１００枚目になるパステル画だが、何を描こうかと迷っていた。ヒダカさんに言われたので１００枚目は僕の畑を描くことにした。

「小島の夕日の絵もいいけど、畑の絵も見てみたいなあ」

ヒダカさんは笑いながら言った。僕はその時、6月23日のヒダカさんの厳しい顔を思い出した。今日とは違って、あの日は梅雨の合間の晴れた日だった。暑苦しい日だった。梅雨に入って、畑に毎日来る人は減っていたが、僕は毎日顔を出していて、やってくると、ヒダカさんが伸びきった畝に生える草をずっと抜いていた。僕は自分の畑のトマトをちぎってヒダカさんのところに持っていった。ヒダカさんは受け取ると、さっとトマトを食べた。いつもなら、美味しいなと笑顔になるのだが、ずっと厳しい顔だった。ヒダカさんのラジオからはアナウンサーが甲高い笑い声を上げながら何か喋っていた。その声がひどく場違いに感じられ、僕は気まずくなった。ヒダカさんと一緒にいて、こんな気分になった日は初めてだった。トマトを食べ終わると、すぐにヒダカさんは草抜きの作業に戻った。汗をかき、日焼けして黒くなったヒダカさんの手を見ながら、僕は少し心配になって声をかけた。

「休みも大事ですよ」

すると、ヒダカさんは強い口調で答えた。

「今日は休んじゃいかん」

「なんでですか？」

「沖縄玉砕の日」

僕はそう言われて初めて気づいた。恥ずかしながら今日が慰霊の日だということに気づいていなかった。

「なんで今、自分たちが生きていられているのかって、戦争で戦った人がいるからだよ」

僕は黙り込んだ。何も言えなかった。僕は手を動かさないわけにはいかず、ヒダカさんの畝の周りの草を引っこ抜いた。

「きみのところにかかってくる電話なんだけど、死にたいなんて呑気なことを言っている場合なのか」

ヒダカさんはさらに強い口調で言った。その言葉には苛立ちが詰め込まれていた。僕は黙って聞くしかなかった。

「戦争で死んでいった人のことなんか、頭にないんだよ。どうして自分たちが今、生きられているかわかったら、死にたいなんか言うはずがない」

ヒダカさんにはどんな経験があるんだろう。僕は自分の父親とほぼ同い年のヒダカさんのことが気になってきた。僕の父も母も戦争に関しては、ほとんど口を閉ざしている。母方の祖父からは、銃弾が撃ち込まれた脛を見せられたことがあった。でも僕は戦争の話をほとんど聞いたことがない。祖父は昭和天皇が嫌いで嫌いで仕方がなかったらしく、テレビに昭和天皇がでてくるといつも文句を言っていた。覚えているのはそれくらいだ。父も母も自分たちの両親に関しては僕に何も言わない。父方の祖父や曽祖父に関しては、先祖巡りをしている時に見つけた、祖父の知り合いの人に教えてもらった。父方の祖父も躁鬱病だったらしい。そんなことも僕は一度も聞かされたことがなかった。

「ヒダカさんのお父さんは戦争に行かれたんですか？」

ヒダカさんは黙ってうなずいた。

「生きて帰ってこられたんですか？」

「うん。無線をやっていたから、戦地には行ってないんだと思う。でも、父の弟が戦争で死んだ。父の従兄弟も。親戚で三人戦死している。父は絶対に戦争に行くなって止めたんだけど、弟はそれでも戦地に行ったらしい。そして、死んだ」

「そうなんですか……」

「あの戦争で必死で戦った人がいるから、今、自分たちが生きてる。それなのに、死にたいだなんて、なんてこと考えるんだ」

「言いたいことはわかりますよ。でも、今、死にたくなっている人の話を聞くと、死にたい問題全てをその人のせいだけにしていいのか僕もわからないんですよ。話を聞くと、両親との関係がよくない、そして、その両親もまた親との関係がよくなかったりする。電話を受けているうちに、個人の問題にするのはどうなのかなと考えるようになりました。僕自身も戦争の話をよく聞かされていないんです。両親はむしろ、それまでの歴史を忘れようと努めているようにも感じてます」

「忘れちゃいかん」

ヒダカさんはずっと厳しい顔で草を無心にむしっている。

「だから沖縄玉砕の日、原爆が落ちた日、終戦の日の4日は絶対に休まずに日が暮れるまで働くことにしてる」

ヒダカさんを見て、僕もその日はずっと草をむしっていた。他の日もそうしてみよう。いつからでも遅くないから気づいた時に、変えられることは変えていこうと思った。

「毎日、ヒダカさん畑にいますもんね」

「働きもんやろ」

ヒダカさんは少しだけ笑顔で言った。僕はついヒダカさんの奥さんの顔が浮かんだ。

「もちろん。でも、奥さん、たまにはどこかに行きたいと思ったりしてるんじゃないですか？この畑ばっかり見て、自宅の庭は奥さん任せにしてるでしょ。多分庭の草取りも手伝って欲しいと奥さん思っていると思いますよ」

僕は蛍を見にいった時に、奥さんから色々と聞いた話をまとめてヒダカさんに伝えてみた。

「雲仙とかに二人で一泊でもしにいったらいいんじゃないですか」

たまにはそんな話もいいんじゃないかとつい話すと、ヒダカさんは少し図星だったのか照れ笑いした。ヒダカさんの奥さんが僕のアトリエでじっと黙ってパステル画を見てくれていた姿を思い出すと、僕は畑を離れて、アトリエへ向かうことにした。ノラジョーンズに会いたいからまた夕方畑へ行こう。

そして、アトリエで僕の畑の絵を描いた。

曇っているのに晴れている、ここ最近の畑らしい1枚の写真を見ながら描いた。

野菜がわんさか育っている畑の姿。僕の頭の中には、畑と初めて出会った野晒《のざら》しの土が浮かんでいる。そこを耕した。堆肥を入れた。みんなで畝を作った。友達が手伝いに来てくれた。ヒダカさんが苗の植え方を教えてくれた。穴を掘って苗を植えた。まだ赤ん坊だったカボチャやスイカやメロンに風除けのビニールをかぶせた。とうもろこしとトマトを棒で支えた。トマトの棚を竹で作った。麻紐で網も作った。少しずつ芽が伸びてきた。追肥をしたあと、ヒダカさんの言う通りに、葉っぱの緑が濃くなってきた。そして実がなった。

これまでの72日間が頭の中で流れていった、成長していった、その時間も描けると思った。空を見た。太陽、雲仙、権現山、カラス、ムクドリ、そしてノラジョーンズ。蝶々が蜂が飛んで、蚊に喰われた。僕はその中で動いていて、今こうして絵を描いている。畑を始めて、絵が本当に変わった。自分の進むべき道と出会った。そのことを感謝しながら絵を描いた。自信を持って迷いなく描けた。いい絵になった。小島の夕日の絵とこの畑の絵、どちらがいいか今度ヒダカさんに聞かないと。僕はどちらかをヒダカさんにあげることにした。

夕方、また畑へ行った。トマト、きゅうり、ピーマン、大葉、カボチャ、そしてスイカを収穫した。ノラジョーンズがやってきた。まずは授乳中のノラジョーンズにたくさん餌をあげた。その後、子供たちのために皿に餌をまた盛った。

Amazonで猫の餌を探した。もっと大量にいるはずだ。

シャンカルが姿を現した。僕はついついノラジョーンズの横で皿に顔を突っ込んでいるシャンカルを見ようと近づいた。

茂みを踏む音がすると、ノラジョーンズはまだ食べていたが、シャンカルは気づいてすぐこちらを見た。驚いてすぐに逃げていってしまった。でも可愛い足取りだ。

子猫たちも触りたいと思ったけど、ここは静かにゆっくり食べさせた方がいいと思って、僕は帰ることにした。

撮影も終わり、タロも大阪に帰っていった。

僕はとれたてのトマトでトマトソースを作り、大葉とカシューナッツとチーズでジェノベーゼソースを作り、二種類の畑のパスタを作った。

美味しかった。外は強い雨が降っている。

ノラジョーンズ一家が無事でありますようにと祈った。

22

2020年7月10日、畑77日目。

5日間、ゆっくりと休んでいた。こんなふうに休みを取ったのも久しぶりのことかもしれない。

今まで僕は鬱になったとき以外、休みを取ることがなかった。むしろ休まないから鬱になっていたんじゃないか。今はそう思う。仕事は休んだが、畑には休みがないので毎日行っていた。偏頭痛になると、最近は畑に行って、両手を土の中に突っ込んで、草を抜く。すると、治ってる。頭痛にも効くらしい。一体、畑とは何者なのか。

ここ最近もずっと雨だった。

ノラジョーンズ一家が心配で毎日、餌をあげに行っていた。畑の隣には元寿司屋だった大きな空き家があり、伸びきった茂みの奥に雨宿りできるところに皿を置いて、餌をあげているのだが、彼らが一体、普段どこで暮らしているのかはわからない。わからなくてもよかったのだが、ここまで雨がひどいと、横を流れる坪井川が氾濫するかもしれないので、心配になった僕は、初めて茂みの中に入ってみることにした。

寿司屋の裏には平家の一軒家が二棟並んで建っていた。おそらく当時は従業員たちの休憩場所だったのだろう。二棟の間には屋根がかかっていて廊下になっている。そこを歩いていると、ラヴィが荷物置き場の上に隠れていたようで、さっと逃げて行った。ここがあるなら大丈夫だ。奥の家は玄関が開いていて、中に入ると、今度はシャンカルが素早く外に飛び出していった。なんと彼らは一軒家に暮らしていた。それなら川が氾濫しない限り大丈夫だろう。足を踏み入れたので、ノラジョーンズには警戒されたかもしれない。それでも安心した。もう近づかないようにしよう。

お昼は、収穫してしばらく置いていたカボチャを使って、カボチャスープを作った。玉ねぎをバターで炒めて、カボチャを入れて、水とコンソメを入れて、圧力鍋でしばらく煮て、そのあとミキサーでペースト状にして、牛乳を足したら出来上がり。やっぱりいつもの買うカボチャとは味が違うし、美味しい。どれだけカボチャがあってもいいなと思った。

夕方、雨がザアザア降っていたが畑へ。

しばらく車の中で待っていると、雨が弱くなってからノラジョーンズがやってきた。

元気そうな顔をしてる。二匹の子供たちは出てこなかった。小雨がまだ降っているからかもしれない。多めに餌を入れておいた。ノラジョーンズとしばらく遊ぶ。昨日は、ノラジョーンズが先に出てきて、餌を食べたあと一度、家に戻り、子供たちを呼んできた。ノラジョーンズは僕に近づいてきて、なでなでしろと言い、僕がなでなでしている間、二匹が皿の餌を食べるというフォーメーションだった。僕が一度、足を踏み入れたから、やっぱり警戒させているのかもしれない。ごめん。でも心配だったから仕方がない。こんなに他の動物のことを心配しているのもはじめてのことだ。雨が降っているのに、いつか出てこないかなとずっと動物を待っているのも初めてのことだ。そして、待ってると必ず姿をあらわしてくれるというのも初めてのことだ。初めての日々はまだ続いている。

二匹は今日はこなかった。1日会えないとやっぱり少しだけ心配だ。

ノラジョーンズは僕に尻を向けて餌を食べていた。これもおそらく二匹を守ろうとしているのだろう。だから多分二匹は元気なはずだ。雨だと猫は動かないってことも学んだ。生き物ならそれが当然か。

畑は少し風で荒れていたけど、棚が壊れたくらいで、すぐに手直しできた。自分で作るとすぐに修理できる。これも最近、自分でなんでも作ってみてわかったことである。ズボンに穴が空いても、セーターに穴が空いても、ギターのネックが折れても、もう今ではなんでも修理ができる。これは嬉しいことだし、安心感がある。とうもろこしたちは実を取り終わったので、お疲れ様を伝えて、茎を切り、根っこを掘り起こした。どうやらとうもろこしはそのまま堆肥になるらしい。茎を10センチ幅で切り落として、土の上へ。根っこは土によくないので、取り除いたほうがいいらしい。どちらにせよ雨が止んで乾燥しないとどうにもならないので、しばらく土の上に置いて、様子を見よう。

カボチャは2玉できていた。まだまだ元気だ。さつまいもは鬱蒼と生い茂り、カボチャみたいに負けていない。スイカはそろそろツルが伸びるのは終わるのだろうか。葉っぱが黒くなって、ツルの先も枯れて黒くなってきている。その黒っぽいのが、食べ頃のサインなのだが、前回、スイカが真っ白だったので、用心してもう少し置いてみることに。食べられそうなのが五つできている。楽しみだ。メロンも元気。ピーマンもまた実がなっている。きゅうりはツルの先端から4、5本出ているが、そろそろ終わりそうだ。枝豆が元気に育っているので、そろそろ食べられるのかもしれない。トマトは相変わらず元気だ。

畑の観察を終えて、帰ってくる。梅雨が明けたら、秋の野菜を植えよう。どんな野菜を植えるか考えた。

梅雨は土と少し離れてしまうから寂しい。

雨の日でも車の中で畑の近くにいると落ち着く。

不思議なものだ。自分がそんなふうに感じるなんて。

鬱にならずに３０４日目に突入した。日課を続けていることが効いている。その中でもやはり畑と出会ったことがさらに安定につながったのだと思う。今は躁にもならなければ鬱にもならない。畑をはじめて、心臓の昂りが抑えられている気がする。内臓の調子もいい。畑をやっているおかげで、いろんな角度からの刺激を常に受けているからではないか。今は天気のことを考える。雲を見る。太陽を見る。虫を見る。鳥を見る。ノラジョーンズを見る。ノラジョーンズの子供たちを見る。彼らがいない時でもいる時のことを考える。家にいても土の中を感じる。土の中の様子を想像する。手を使って想像する。指の土を舐める。匂いを嗅ぐ。数日後の様子を考える。棚が壊れていたら直す。畝の水分を見る。草を刈る。草の生え具合を見る。草の様子を見ていると、土の中の様子を想像できるようになってきた。空を見たら、絵が描きたくなる。こうやって、一つの動作がさらにいくつもの動作を波紋のように呼び出し、その都度体が動く。体を動かす理由がある。ただ動かしているわけではない。それぞれに理由がある。そうやって体が機能しているということを感じる。そんな連続が体にうまく作用しているんだと思う。休むこともそうだ。休んでみて、よくわかった。休むといいことがある、と声にしながら、なかなか休めなかった。今は、休めている。明日から通常の日課をはじめよう。体はずいぶん楽になった。

23

2020年7月11日、畑78日目。鬱が明けて305日目の朝だ。

休みの日だけど、今日も4時にパッと目が覚めた。そして、すぐに原稿を書いた。やっぱり僕は自分の日課が好きだ。

次に書きたいと思うものがまだあるわけではない。今の畑と似たようなものか。今、とうもろこしの収穫が終わり、土はしばらく休んでいる。ヒダカさんと梅雨でしばらく会えていないので、ここからどうするのかまだわからないのだが、梅雨の間は次を植える時ではない。とうもろこしの茎を切って畝の上に置いた。早く梅雨が明けてほしいが、畝を見ていると、雨を嫌がっているようには見えない。草は元気に茂っている。土は孤独を嫌うんだろう。僕もそうだ。土の表面を、僕の体の中の内臓の襞《ひだ》だと思うと、草が1本も生えていないんじゃ、寂しいものだ。何よりも腹が減る。だから今の畝はなんだか気持ちよさそうだ。梅雨の空とも関係しているんだろうなどと考えてはみるが、僕にはわからない。見たことのない、考えたことすらない、いくつもの関係があるんだと思う。僕の仕事もそうだ。何を書くのかいつもわからない。でも、いつも次が出てくる。畑はずっと続く。畑は休みの日がない。終わらない。変わり続ける。仕事とは別の日課、別の関係、別の継続が生まれていることはとても良い作用を僕にもたらしていると思う。畑はいつも、僕の体と頭が継続していることを意識させる。

ゴッホの手紙を読んでいる。ゴッホの全集を買って、じっくり見たからだ。畑をはじめてから、風景を見る目が本当に変わった。植物を見ても、植物が生えている土の表面、さらには土の中まで気になるようになった。見えるわけじゃないし、正しいわけでもないんだろうけど、土の中のイメージが自然と自分の中に浮かぶようになった。そうすると、風景が広がる。見えない部分が感じられるようになると、その感覚が絵の中にも入り込んでくる。今までそんなことを意識したことがなかった。ゴッホの絵を見ても、感じられる奥行きが変化しているんだと思う。かつ変化に敏感になっている。全集を見ていると、ゴッホが成長していく様子、停滞している様子、その変化に気づいていく。細かい変化を感じ、見ることができるようになると、不思議と絵の全体をより深く感じられるようになった。絵を見る目が変化すると、自ら描く絵のタッチも変わってきた。細部を細かく描くというよりも、細部をよく見つつ、焦点は全体の奥行きに向かっている。

まるでこの世界でなく、すでに別の世界に生きているみたいだ。

フィンセント・ファン・ゴッホ『ファン・ゴッホの手紙』

風景や植物、形を持たない風や光をパステルで描いているとき、僕も何度か同じように感じた。それは今までに感じたことのない充実感だった。生きている、という実感があるのかもしれない。心のどこか奥底にいつも不安が残っているような毎日を送っていたのだが、最近は明らかにその不安が緩和している。というよりも、それは不安ではなく、見えていない部分、見ようとしていなかった部分、隠そうとしていた部分なのかもしれないと今は思う。今は、そこを見ている実感がある。避けていた奥底を歩いてみよう。隅っこにある感情も確認してみよう。そんな勇気が湧いているのかもしれない。自分がここにいる不安が、自分が知らないところにいる。目に見えているものだけじゃなく、経験を積めば、見えないものにだってもっと多く気づけるはずだと今は思っている。気づいた途端に、新しい別の世界が広がる。その瞬間ごとに世界は実は変化している。変化は何も変わらない風景の中にも常にある。僕が気づいていなくても、知覚や感覚はこの変化に触発されていく。僕はそうやって体を動かすようになっている気がする。一体、なぜそのような変化が起きたのだろうかと不思議な気持ちになるが、いたって、今の毎日は自然なのである。もともとそうだった、でもそれを忘れていたという方が近いかもしれない。なぜ忘れていたのだろうか。自分のことばかり考えていたからかもしれない。今は、ほとんど自分のことを考えたりはしないのである。だから、自分に対する称賛もなければ、卑下もない。僕は固まった存在ではなく、変化する気候のようなもので、その度に、僕の体の中で動く生き物たち、無生物たちの生態も変化しているんだろう。僕はただの器のようなものだ。意識して器であるのではなく、いつもふとそう気づく瞬間がある。気づいても、風のようにその感覚は去っていく。それを書き残すのは難しい。思い出す、という感覚ではない。今、ふっと気づいたことである。そのことに体が向かっている。僕の中で記憶が多くを占めすぎていたのかもしれない。今ももちろん、記憶はある。でも記憶は一部に過ぎない。記憶以外の感覚が起き出している。それはとても清々しいことだ。今はこの感覚で創造しはじめている。だからこそ、僕の作品が変化しているんだと思う。

アトリエに行って、久しぶりにパステルを触った。

なんでも久しぶりに触ると、ぎこちなくなる。たった5日休むだけでこうなってしまった。だからこれまでは日課をやっていないとすぐに不安になっていた。だから休むことができなかった。でも今は少し違う。ぎこちなくてもいいじゃないかと思える。ぎこちない時にだけやれることもある。クワを持った時だってそうだった。ぎこちないのは力が入っているからで、だからといって、簡単に力を抜くことはできない。力が入っているなと感じることならできる。ぎこちないままでなら作業を続けることもできる。膝の力を抜くと楽になった。とかなんとか頭の中でしばし反芻《はんすう》しながら、パステルを使って絵を描いた。

なんでも最初にやると力が抜けない。力を抜こうとはしないで、力が入っているなと感じながら作業するとうまくいく。陶芸に編み物にガラスにギター制作など、何度も初めての作業を続けてきた。そのたびにこのぎこちなさを味わってきた。ぎこちなさの技術、のようなものを僕は感じている。だから何事も初めて試してみるのが好きだ。畑とパステルは、今まで経験してきたこの技術が生かされていると思う。

今日は2枚の絵を描いた。山梨のギャラリートラックスの庭の絵と、小島の田んぼに映った夕日の絵である。なんとなく、今は、自分の住んでいるところに近い風景の絵の方が楽に描けた。そんな違いなど考えたことがなかった。やっぱり今は遠くに行かずに近くにいよう。畑の近くにいて、近くの目で観察をしよう。

そこで僕が気づいたのは、こうやって、近くのものを観察するという作業を、僕はこれまでそんなにしてこなかったのではないかということだ。僕は考えることが好きだし、考えることが仕事である。でも、その考えることは観察から生まれたものではなかったのかもしれない。だから、僕はどんどんどうにか手を動かすという行為に向かっていったんだと思う。頭の中のイメージをもとに絵を描くことも観察ではあるが、根なし草の観察のように感じていた。まだ描くべきものがわからない状態だったのかもしれない。陶芸だって、どこで掘ったのかわからない土を使うよりも、畑の土でやらないと面白くないなと思うようになってきている。そうすることで、作品ではなく、自分が変わるのである。今までは作品に目がいっていた。作品を観察していた。変わるきっかけになったのは、料理かもしれない。料理を継続するようになって、出来上がった食事(作品)だけに目が行くのではなくなり、その素材自体に観察が移っていき、今の毎日畑に通う生活がはじまったのだと思う。

畑のおかげで、目の前の世界を観察するというとても当たり前のことができていなかったことに気付いた。それによって絵が変わった。文章も変わった。こんなふうに感じていることに、僕は今、書きながら気付いていている。

アトリエの後は、畑へ。雨がまだ降っている。時々止むが、しばらくするとまた降る。僕はとにかく水が苦手で、川のそば、海のそばに住むことができない。雨の時はそのことをさらによく感じる。僕の両親の実家である河内が何度も津波で襲われているからだろうか。両親、祖父母からも川で遊べ、海で遊べ、なんて一言も言われたことはなく、水は怖いから離れておきなさいと言われてばかりだった。僕は今は、川、海へ行くのは大好きだ。しかし、天気の時だけで、天気が悪くなると、苦手になる。とは言っても、川のそばの畑には毎日行ってる。それも少し変化しているかもしれない。

ノラジョーンズはやっぱり待っていて、すぐに撫でた。1日のうちの一番穏やかな時間。今、この人と一番、話せてるのかもしれない。雨は大丈夫なようだ。川が氾濫するとは思っていないかもしれないので心配だが、野生の勘でなんとかなりそうな人ではある。猫だが。ただ最近、活発になってきた二匹の子供達のことはちょっと気がかりなようで、いつもよりも警戒心は増していた。僕には心を許してくれているようだ。一度、彼らの住まいの近くに足を踏み入れたので、ちょっと怒っているような気もするが、悪意がないことはわかってくれているようだ。しかし、僕が里親に出した方がいいかもしれない、と一瞬考えたことは察知されているような気もする。もうそれは考えていないよ、と無言で伝えた。言葉で伝える必要がないってなんと体が楽なことか。

ノラジョーンズはずっと僕の顔を見ながら、餌を食べていた。かわいすぎて、自分の口をノラジョーンズの顔に当てた。餌を食べ終わったノラジョーンズをしばらく撫でて、子供たちに餌をあげるために茂みの中に入ってみた。そこまではノラジョーンズもオッケーみたいだ。最近、ノラジョーンズは警戒してお尻を僕に向けて食べる。そして、僕にではない大きな声で子供たちを呼んだ。声の音色もまるで違う。しばらくすると、なんとシャンカルが茂みの中から顔を出し、初めて少しだけ近づいてきた。でもすぐに逃げた。ノラジョーンズは子供たちに僕のことを「近づいてもいい人間」であると伝えたのかもしれない。でも、シャンカルはビビリだから、さらに近づいて「ちゅ〜る」を食べるところまでは行かなかった。その後、僕は二匹がゆっくり食べられるようにその場を離れた。ゆっくり食べたらいいよ。

畝に近づくと、小学生の時に頭の上でよく飛んでいた小虫たちが無数に飛び立った。梅雨で土がずっと湿っているので、蚊がたくさん子供を産んだのかもしれない。早く梅雨が明けてほしい、でもこんなに虫が生まれることもまたいいじゃないかと思っている。畝の感じ、草が生えている感じはとてもいい。豊かな感じ。これだけ雨が降っても大丈夫なのはなんでなんだろう。ジョウロで水をあげすぎると、根が腐るというのに、雨の場合は大丈夫なのはなんでだろうか。理由はわからない。季節と共に根っこや地中の様子が変化しているから大丈夫なのか詳しいことはわからないが、地中の具合がいいことはよくわかる。カボチャもサツマイモも元気。メロンも元気。スイカは葉っぱは枯れてきているが、これは実に栄養分が向かっているからで、ツルはいい感じに黒く枯れてきている。そろそろ食べられるかもしれないが、スイカを収穫することに躊躇している。ヒダカさんに相談したい。電話して呼んだらいいのだが、明日にしようと思った。ピーマンも元気、ササゲも元気、白ナスも元気、きゅうりも大きくなってきた。大葉は相変わらず、苺も実をつけている。とうもろこしはお休み中。トマトもまた青い実がたくさんできていた。トマトは少し割れはじめていて、栄養が偏っているのか、雨の具合か、どちらにせよ赤くなる前に摘んだ方がいいのかもしれない。でも、まあ自然に生きてもらう方がいいだろうから、流れに身を任せることに。

河内の旅館から、僕の育てた野菜を、サプライズで宿泊客に提供したいという謎の依頼がきた。

24

2020年7月12日、畑79日目。

朝から原稿。14枚書いた。ゴッホの手紙みたいに僕も手紙を書こうと思った。自分がやってみたいと思うこと、自分の頭の中にあること、考えていること、作ろうとしていること、そんなことを書いてみたい。出来上がる前の状態、書く前のことを書く、土の中のイメージ。僕の無意識を書きたいと思った。書けるものは無意識なはずがない。ドゥルーズ＋ガタリの『アンチ・オイディプス』、そして、ガタリがアンチオイディプスを執筆していた時の手紙と草稿も手に入れた。読書日記みたいなものをやっても面白いかもしれない。そうやって、僕はいつも何かやっては、すぐに止めたりする。思いついては、どんどんやる。やってもうまく行かないときもあるし、すぐ飽きてしまう、すぐ忘れてしまうこともある。でも、体は前に進めていく感じ。毎日、ちょっとだけ変化するように。今の土との付き合い方を考えると、すんなりそれでいいやと思える。土作りをしているようなものだ。そうやって、いくつも死んでしまった計画がたくさんある。その死骸はそのまま僕の体の中で分解され、養分となる。僕の思考にとっての微生物ってなんだろうと思った。そんな土の中みたいな本を書きたいとも思った。

僕の場合は文章だけじゃない。絵も描くし、歌もつくる。なんでもつくる。それらが混在した表現ってもっと何かできないかなと思う。そして、僕のその混在も、畑と出会ってからは土のように感じられるようになった。文章を書くだけじゃないことが、僕の思考をどんどん進めていく。気付いたら成長していた、という状態になる。文章を書くときと、絵を描く時はそれだけで全く違う状態で、全く違う状態が、それぞれに僕にとっては等しく大切で、その動きがあるから、また全く別の動きが起きる。今まではなんでつながるのかわからないことばかりだったが、今はわかる、というか、見える。見えるようになると、いろんなことが見えるようになるのかもしれない。見えないはずの土の中が想像できるようになるのかもしれない。

原稿を書き終わると、そのままアトリエへ。シュミンケの120色入りパステルを手に入れたからそれを持っていく。シュミンケは一見、使いにくそうな色ばかりが並んでいる。鮮やかな原色ではなく、特定しにくい曖昧な色味だ。ところが、風景を見ながら探すと、必ずこれしかないという色が見つかる。何色と自分の頭の中で考えるのでは出会えない色を、風景を見て、その風景の色に忠実に、風景を見たままシュミンケのパステルの箱に目を移すと見つけることができる。今まで使わなかった色であることが多い。抽象的な絵を描いている時とは、色選びの過程がまるで違う。いつもすぐ減るはずの色たちが、ほとんど使われないまま残っている。今までは色をよく見てなかったんだろう。物を観察して色を塗っていたのではなく、自分の中でなんとなく、トマトは赤だ、空は青だ、と思って使っていた。

しかし、今、宇土《うと》から見た有明海を塗っているが、空は青だが、普通のブルーはどうも使いにくい。セルリアンブルーの薄めの色を使って下地を作って、コバルトブルーで少しずつ、上方を青くグラデーションをつくる。空の上の方は、青いけど、紫を入れて、青の深みを増していく。プルシャンブルーも使って、さらに濃くする。水平線に近いところは、空気がまた違うのか、白く靄《もや》っているので、ホワイトを入れて、指で霞ませていく。水平線には遠くの山が見える。山の色は緑じゃない。青でもない。茶色でもない。それらを混ぜながら、空気と海から漂う何かを感じさせるために、グレー、グレー寄りのブルーで形をつくる。その上に紫の膜を薄く塗っていく。空の青と海の青も当然ながら違う。方法があるわけじゃない。ただ忠実に描いていく。風景を見て、白さ、青み、紫み、黒み、黒よりのグレーか、青よりのグレーか、そうやって、パッと第一印象で目が感じたままにその色を塗る。大丈夫かな、この色を加えたら海が変わってしまうかも、台無しになるかも、とはじめは躊躇する。なぜなら、人間は観察していくうちに、自分の思い込みの色の感覚に近づけようとするからだ。思い込みをできるだけ排除して、自分が感じた色のままに塗るように努める。影にもいろんな色がある。光もまたそうだ。

今日はなんとなく感覚がいい。だからいい絵が描けた。２枚描いた。１０４枚目。ゴッホの油絵は８７３枚あるらしいから、僕もまずは８７３枚描いてみたい。そうやって、数だけすぐ追いかける。でも、追いかけることができるのは数だけなんだと思う。才能も違うし、技術も違う。数だけはゴッホに追いつけるかもしれない。だから数のことを、僕は考えるんだと思う。自分のことを、気にしなくていいからだ。自分の才能のことを考えると、鈍る、遅くなる、そんなのは無視して、ただ描けばいい。作ればいい。書けばいい。歌えばいい。興味があるからやっているだけだ。その事実をついつい忘れる。色を塗る時と同じだ。知らぬうちに僕は青という色を勝手に捏造している。実際は青はもっと揺らいでいて、いつも変化している。当たり前のことだが、その当たり前のことをちゃんと知覚するために絵を描いている。当たり前のことができるようになると、体の調子もいいし、絵だってよくなるのである。自分とは一体、どれだけ当てにならないものなのかと思う。どんどん自分の感覚を信じなくなっている。知らないことにちゃんと気づいた方がいい。変化していることをもっと楽しめばいいのだ。自分なんか気づくと、崩れて、トロトロになって海の中に滲んでいく。それくらいがちょうどいい。こだわりがどんどん無くなれば、どんどん風景に忠実になる。

絵を描いたら、家族の買い物に少し付き合って、僕はすぐ畑へ向かった。ノラジョーンズは昨日と同じように、昨日とつながってるように、待っていて、僕は餌をあげた。今日は、久しぶりに畑で人と出会った。アオキさんが先に来ていて、畑の草を夫婦できれいに刈っていた。アオキさんの畑は本当に綺麗である。それは草を抜かずに生やしているからだと思う。ここだけ畑というよりも、普通の草原のようなのだ。一番気持ちよさそうな畑である。蝶々もいつも飛んでるし、花も咲いてる。僕の憧れの畑である。アオキさんがずっとノラジョーンズに餌をあげてくれていた。その前の世代のことも知っている。アオキさんに久しぶりに声をかけると、ニラをくれた。雨が止んで、また畑にみんながいる姿を早く見たいなと思った。

梅雨の間、僕はいつも一人で畑にきていて、そうやって僕は一人でも作業ができるようになったのだが、一人で作業をしていると思っていない。そのことに気づいた。一人でできるようになったんだ、と思っていたのだが、そうではなくて、一人だと感じていないのである。ノラジョーンズがいるし、ラヴィもシャンカルもいるし、野菜たちはそれぞれにやっぱり存在感があって、彼らと長く付き合うようになってきて、猫とほとんど同じくらい仲が良いと思う。一人でいられるようになるってことは、一人でいても一人だと思わない、それ以外の生命の予感に気づくってことなんだと思った。寂しがり屋で、一人でいる時にいつも枯れ葉みたいになっていた僕が、気づいたことだ。今、一人だと思っていない。ノラジョーンズは今日も元気そうで、多分、ノラジョーンズとしてはラヴィもシャンカルも僕から直接餌をもらうようにしたいんだと思う。だから大きな声で二匹を呼ぶ。ところが、まだ彼らは怯えている。細い路地を歩いて近づこうとしているけど、僕が歩くと、すぐにびっくりして固まってしまう。路地のなかで、ホラー映画みたいに怯えてこちらを見ているシャンカルと目が合った。かわいそうだから、さっといなくなる。でもそのうち心を開くのもなんとなくわかってる。悪い人じゃない、とは母さんから言われて知ってる。でもまだ怖いんだろう。本能が働いてて良きことだ。

　今日はヒダカさんもやってきた。久しぶりに会えて嬉しい。もうスイカを食べたいから畑に連れて行って見せたが、「まだじゃないかな」と言われる。スイカは一つ割れていた。残念だけど、中身をぺろっとなめた。甘かった。そして、堆肥にすることにした。ピーマンは元気！　きゅうりも短かったけど、早めに摘んでかぶりついた。大葉も大量に摘んだ。

　トマトの元気がない。よく見ると、トマトの畝の近くに水が溜まっている。

「これがいかんのやな」

　ヒダカさんが言った。

「雨ばっかりでも、野菜にはきついんですね」

「そうやな。畑に水路作って、排水をしないかんかも」

どうやって水路をつくるかを二人で検討した。雨が降りすぎて、元気なのは、ヒダカさんの畑の里芋だった。

「里芋は元気ですね」

「こいつは元気よ、乾燥するとダメだからね。トマトはアンデス地方が原産だから、やっぱり雨には弱いな。今年の雨はほんとに厳しい」

今のところ、トマト以外は元気である。カボチャがうどん粉病にかかったくらいか。でも収穫には問題なかった。畝を触ると、やっぱり元気だ。

「雨が降っても草は元気」

ヒダカさんが自分のところの畝の草を抜きながら言った。確かに草はとても元気だ。アオキさんの畑は草で豊かである。僕の畝にもたくさんの草が。草はとても元気で、草は地元のそこで生まれたもので、彼らにとってはどんな気候でもいいのかもしれない。やはりトマトもピーマンもとうもろこしもどこか他の土地からやってきた苗だからな。何か草みたいに育てられるものはないんだろうか。それこそ、何もせず、ただその畑で、草を生やしたまんまで、何か食べられるものが育たないかな、この場所特有の野菜を育ててみたい、と思った。でも、ここはもともとはぶどう農家の土地だった。果物は育てちゃいけないとヒダカさんから言われてるから無理かな。ヒダカさんはブルーベリーを育てている。実がついていた。とりあえずは自分が食べたい野菜を育ててみよう。でも野菜の起源について知りたくなっている。トマトはアンデスで普通に自生していたのか。ユトレヒトでいくつもトマトの原種を持っているグースというシードバンカーに会ったことがあるが、あの時の記憶が最近よく戻ってくる。目の前の観察が盛んになっている今、記憶自体にも変化の兆しが見える。今、自分のことから離れているのに、自分の変化には気づいている。自分のことを判断、評価、観察しているわけではないのに、外に目は向かっているのに、確かに僕は自分の変化に気付いている。自分を見ていたら、自分の変化には気づけないということなのかな。

今日も大量に収穫した。畑に感謝である。

「また梅雨が明けたら、トマトも元気になるかもしらんぞ」

ヒダカさんは少しくらい野菜が元気がないからって、少しも凹まない。いつも僕はハッとする。野菜の元気がなくなると、死んじゃうんじゃないかと心配になる。僕は自分の感覚だけで見てしまっている。ヒダカさんには野菜が違うように映っている。ヒダカさんが見ている野菜の姿を、僕の感覚の栄養にして、元気がないトマトに対しても、きっと大丈夫だと思うことにした。そうやってその都度、感覚が変わる。自分だけの感覚ではなくて、人の感覚も、野菜の感覚も、僕の感覚の中に取り入れていく必要があるし、そうすると心強い。そして、いつもそうやって、どうにかギリギリのところで、まだ粘ってくれる。メロンもそうだった。きゅうりもそうだった。枯れても、隣の植物がその分頑張ってくれる。もっと広く全体をみよう。目の前のことを見ながら、もっと先のこと、生命が生まれて死ぬ、ということではない感覚で見てみようと思った。トマト、頑張って欲しいし、きっと頑張るはずで、今日もこんな状態でもトマトが収穫できたのだ。トマトを口に入れると、甘酸っぱくて美味しかった。トマト、ありがとう。僕が勝手に判断するな。判断するんじゃなくて、どうやったら、その生命がもっと生き生きとするかを考えるのが先だ。晴れてる時は、いつもそう感じるが、野菜の元気がなくなった時に、普段の僕の思考に戻っているような気がしたので、そうじゃないんだよ、と気持ちを入れ替えた。絶対、大丈夫。ヒダカさんはいつも僕にそう言ってくれるのである。トマトの代弁者のように。

25

2020年7月13日、畑80日目。

とにかく土壌を豊かにしていこう。そのために必要なことは、いろんなことをする、である。これが土には一番いい。何か一つの方法に絞るのではなく、いろんなことをする。いろんな植物がいること、いろんな腐食があること、いろんな虫がくること、いろんな鳥、いろんな天気、いろんな風、そんな多様な刺激が土に入り込んでくると、土は楽しくなってくる。土を喜ばせるためにいろんなことをしてあげる。僕の意識だけでなく、他の生物や変化もどんどん取り入れる、取り入れ続けて、それが当たり前の状態に、そうやって土と同じように、僕にもしてあげる。いつも多様な刺激を自分に取り入れていく。土はいつも僕に鮮明なイメージを与えてくれる。イメージの源泉である。カルチャーの語源が耕すという言葉であることを思い出しつつ、でも実際に手を動かして、土を触りはじめてよかったなと思った。

アトリエでは、本の宣伝のために、僕が普段パステルで描いている様子を全て中継することにした。1時間で、三角《みすみ》の僕の大好きな風景が出来上がった。絵を描くのも好きな風景、好きな場所、好きな時間帯、好きな天気、好きな空、そんなものを描くといい。シンプルなことだ。でも、これまでそのシンプルだったことをやっていなかった。僕は頭の中にあるものを外に出そうとしてばかりいた。それも必要な過程ではあったかもしれないが、僕はもともとそうじゃなかった。僕はもともと、小学生のころ、作りたいものだけを作っていた。描きたい風景を描いていた、歌いたい歌だけをずっと歌ってた。今は、その状態に近づいている、というか、通り越して、むしろ子供の時よりも素直に自分の気持ちを出すことが、それをそのままアウトプットにつなげることが上達しているかもしれない。素直になるということの上達。これが僕が普段やっている行動の結果、起きていることなのではないかと思った。

いい絵が描けると、それだけで、1日、ずっと心地よくなれる。パステルという画材は今までで一番違和感がない。鉛筆よりも違和感がない。アクリルよりも色鉛筆よりも。墨よりも。僕の画材はパステルなんだと思う。こんなにぴったしカンカンの道具と出会うとどうなるかというと、本当に疲れない。やってもやっても飽きない。だから毎日できる、毎日成長する、そして、もっと描きたいと思う。これが仕事だと思った。僕は僕の仕事を見つけた。書くという行為自体は違和感がないが、しかもパソコンで書ける速度も違和感がないが、でもパソコンを使っているということに少し違和感がある。パステルにはそれがない。どこにもない。パステルを描いていることが幸せというか、描いているという行為自体の中に完全に没頭できている。

その後、畑へ。雨はやみ、晴れている。この気分で畑へ行くのは久しぶりのことだ。まだ曇りは残っているし、多分雨も降るんだろう。でも空が抜けているところがある。写真を撮りたくなった。ノラジョーンズはもちろんすぐに顔を出した。しかも、シャンカルまで顔を出してきた。えっ、今日、触れるんだろうかと思ったけど、シャンカルは「あっ間違った」みたいな顔をして、すぐに逃げて行った。もしかしてもうすぐ触れるのかな。楽しみだけど、僕もそっちが心を開くまで待ちますと伝えた。シャンカルはいつも遠くから、茂みから、僕をみている。

アオキさんがいた。夫婦でいた。久しぶりに会う。梅雨明けが近いような雰囲気。人が集まってきている。ヒダカさんもやってきた。ヒダカさんと僕の畑で話をする。

「スイカ、そろそろいいですかね？」

「俺、作ったことないからわからんのよ」

「食べたいですねえ」

「なんでも実験だから収穫してみたらいいよ」

そのヒダカさんの言葉が嬉しかった。ちゃんと熟してからじゃないと収穫しちゃいけないような感じが体の中にあったけど、それがパッと霧が晴れるみたいになくなった。

「じゃあ、このメロンもいいですかね？」

「どうかな、まだやろ。でも、収穫してみたらいい。なんでも経験しないとわからんしね」

「そうですね！」

気が早い僕はそんなわけで、ついついスイカとメロンを収穫してしまった。

「食べごろのときは匂いを放つよ」

アオキさんの旦那さんが笑いながら言った。僕は匂いを嗅いでみた。多分まだ早い。

それでも今日は大収穫だった。スイカにメロンにトマトに大葉にピーマンに白ナスにミント。横でシャンカルとラヴィがご飯を食べている。その手前で二人を守るように、というか、僕のことを悪い人ではないと彼らに伝えているようにノラジョーンズが目を瞑って、日向ぼっこしている。ノラジョーンズは僕に伝えながら二匹にも伝えるような気がしている。わざわざ声を出して鳴くのも、そうなんじゃないか。僕に聞こえるように、そして彼らにも聞こえるように。彼らを呼ぶのに鳴く必要は本来ないはずだ。彼らなりの連絡言語があるはずである。しかし、わざわざ僕が理解できるようにノラジョーンズは大きな声で鳴く。あの声を聞くと、信頼してくれているようで、僕は気持ちが楽になる。心が伸びていく。風が通る。

ノラジョーンズと二匹の子猫を見ていたら、橙書店の久子を思い出したので、電話した。

「今から収穫した野菜持っていくよ」

「お店は7時までやってるよ。ありがとね」

そして、スイカとメロン以外の野菜を全部久子にあげた。僕の猫についての先生だ。彼女は僕が一緒にいる猫と出会ったことはないけど、写真を見て、いつも幸せそうに笑ってる。心強い。

家に帰って、アオキさんに昨日もらったニラを使って、ニラ玉を作った。これが美味しくてたまらなかった。

醤油、酒、砂糖、オイスターソースで作ったタレをかけただけ。その組み合わせの中でどんな反応が起きているのか、なんてことを想像した。想像できた。野菜を育てると、その野菜の味がわかるようになる。味がわかると、料理の仕方が変化する。野菜の変化に気づくと料理が変化し、そうすると味わう感覚も変化する。すると、新しい「美味しい」と出会う。それが嬉しい。

26

2020年7月14日、畑81日目。

朝から原稿を書く。書くことも、また感覚が戻ってきてほっと一安心。ちょっと休むだけでこれなのである。書くということも休むとなかなか戻すのが難しい。でも時々は休まないとデスクトップが満杯になっている感じがする。元に戻るまではぎこちなくなる感覚も含めて、また何かのきっかけになるんだろうが、それも考えて、休む。面白いと思って休めるといい。できているような気もする。なんといっても、僕は鬱にならない限り、休まなかったわけで、それが今は少し変化してきているんだから。体が元気なのに、今は休むことができている。この当たり前のことに、僕は驚き、その効能を肌で感じている。勘が戻るまでの時間もまたいい。昔は落ち着かなかったけど、今はそうではない。新鮮さを感じられる、勘が戻るまでの、グッと体が変化していく過程を感じることができる。つまり、自分がどれくらい成長しているかを、再認識できるってことなのかもしれない。仕事が終わったので、そのまま台所へ行き、昨日収穫したメロンとスイカを切って、食べることにした。朝ごはんだ。

メロンは切ってみたら、とてもいい形だった。中身もしっかりできていた。

しかし、アオキさんのいう通り、まだ早かった！　でもヒダカさんの言う通り、なんでも実験だからいいのである。熟してないメロンを食べることも今まではなかったんだから。味はおいしかった。でも早かったので、冷蔵庫でもうしばらく置いてみることにした。スイカはしっかり熟していた。

しばらくぼうっと過ごしていた。ぼうっとすることができるようになったのも、今年に入ってからだ。

お昼ご飯は、畑で採れた大量の大葉で作ったジェノベーゼソースを使って、パスタを作った。これが無茶苦茶うまかった。僕がつくる大葉は「香りが良くてとても美味しい」とはヒダカさんの言葉。ヒダカさんは野菜を野菜と言わない、大葉、ではなく、僕が作った大葉、と言う。ヒダカさんは畑を貸している人みんなが作った野菜を食べていて、それぞれに味が違うことを知っている。ヒダカさんは人のことをそれぞれの人が作った野菜を通して感じているし、理解しているのかもしれない。そっちの方が直接に伝わる。だからヒダカさんは人間で区別してなくて、人間とその人間が作った野菜と人間が作った畝のある土全体を一つの塊、揺れ動く一個の生命体と思って、接している可能性があるなと思った。というか、僕もそうだ。僕もそうやってヒダカさんやアオキさんやシミズさんを感じている。本当にそれぞれに味が違うから、畑をやっている限り、この感覚は失われない。

なんだろう、この不思議を今、言葉にしたいと思うけど、なかなか難しい。僕は今までこのことを考えたことがなかったはずである。でも、言葉にすることができているのは、知らなかったからではないような気もする。逆で、僕はそうだと知っていたのではないか。僕は野菜が野菜ではないと知っていたのではないか。僕は自分の野菜が僕が作った野菜でしかないことを知っていた。ヒダカさんのピーマンを僕はつくることができない。僕は僕のピーマンをつくることができる。それらのピーマンは形も色も違えば、もちろん味も違うのである。ピーマンに関しては食べ比べをしているので、僕ははっきりと理解することができる。

　ヒダカさんのピーマンは面長だ。ヒダカさんは僕よりも遅く、じっくり待って収穫する。ヒダカさんのピーマンは色も濃い。僕のピーマンは丸っこくて、青みがかっている緑だが、ヒダカさんのピーマンはもっと濃い深い緑色だ。僕はそこに経験の蓄積の違いを感じる。でも、僕のピーマンもそれはそれで色味は新鮮で心地よい。そんなわけで味も全く違う。ヒダカさんのピーマンはツンとする感覚はなく、味わい深い。僕のピーマンは、少ししとうにも似ている味がする。唐辛子寄りの味だ。その味も僕は好きだ。それぞれに違うというわけだ。ヒダカさんのピーマンはとても美味しい。でも僕のピーマンもとても美味しい。毎日食べるのはやっぱり僕のピーマンかもしれない。でも青椒肉絲《チンジャオロース》にしたヒダカさんのピーマンは絶品だった。時々、いただきたいなと思う。

　これは当たり前かもしれないが、僕にとってはとんでもない発見で、発見とはつまり、僕が経験し、作り上げ、比較して、感じ、しかもそれが僕の生活の一部であり、その中から芽が出てきた感覚であるということだ。そのことに僕は今気づきはじめている。パステルで絵を描いているときもそうだ。こうやって感じた感覚を文章にしている時にも起きていることだ。僕はやっぱり今、ベルクソンを読んだらいいんだろうなと思っている。僕は感覚に向かっている。感覚とは何か、変化とは何か。ベルクソンはそれを描いている。


　私たちは変化を眼にしているのですが、知覚してはいないのです。変化について語りはするのですが、考えてはいないのです。

ベルクソン『変化の知覚』

彼は論理や言語や理解ではなく、感覚と変化のことを描いている。だから僕はとっても肌が合うんだ。そんなことも初めて、今気づいた。僕が日記を書いているのは、この今、感じていること自体を言葉を通じて外に出し、僕のピーマンと同じように、僕の感覚で味わおうとしているのである。

お昼を食べた後は、アトリエへ。昨日、撮影してた夕暮れの有明海、梅雨の合間の一瞬だけ姿を見せた、空の姿を描きたいと思っていたのですぐに描いた。

最近、このお昼過ぎから畑へ行くまでの3時間が本当に貴重だし、何も予定を入れないので、とても余裕を持って取り組めるし、そうやって全身全霊をかけて取り組めることに感謝をしているくらい、楽しい。焦りがまるでない。好きにやればいいし、楽しくやったらいいし、成長しようとか、いい絵を描こうとか気負いも皆無で、気楽だ。絵は気楽じゃないとうまくいかない。文章も歌も結局はそうだが、絵は特にそうだ。絵を描くという作業は作業ではない、仕事ではない、労働ではない。決められた動きじゃない。自由な動きで、僕は今、絵を描いている時に一番思うままに動けている。日曜日に漫画を描いていた10歳の時と同じだ。そのことがまた巡り巡って嬉しくなってくる。

昨日のあの美しいと思った夕暮れを描いた。いい絵になった。風景を風景と見ていない感覚がある。風景と一体になっているというと、それはただの言葉だが、僕の体にその風景を見に行った時のこと、見た時に感じたこと、その場所が家に近く、畑の真横にあることに対する喜び、その瞬間の視覚、視線、視界がまだ体に残っていて、それを元に描く。自然と描く。僕が描きたいものを僕が描きたい画材で描けているという確信がある。こんなことは初めてだし、もう100枚以上も絵を描いてきているからわかる、これが絵を描くということだとわかるし、僕は今、自分が見つけたものを描けている。描きながら、僕は消滅しているような感覚がある。自分の位置がなくなって、その場所の空気そのものになると、うまく絵が描ける。誰も見ていない、ただの風景のまま。そうすると、人がその絵を見た時に風景の中に入り込んでいるように感じられるのかもしれない。さらにもう1枚絵を描いた。海にいくまでの田んぼの道。これも畑のすぐ近くの風景だ。

そして、畑へ。いつものように畑へ行く前の風景を撮影した。また光と雲がすごかった。明日描きたい風景を見つけると、ワクワクする。このワクワクする期待があると、本当に心が穏やかになる。躁鬱の波はずっと凪のままだ。畑へ行くと、もちろんノラジョーンズがいる。今日はゆっくり二人で時間を過ごした。皿にラヴィとシャンカルのための餌も入れておいた。向こうが近づいてくるまで、僕からは何にもしないでいようと決めた。

畑は今日も湿っていて、元気ではあるが、トマトだけ、やっぱりちょっと調子が悪そうだ。心配だけど、晴れるしか方法はないので、自然の成り行きに任せる。他はみんな元気。トマトは一つ摘んで食べたが、味はバッチリだ。落ちている割れたトマトはとうもろこしの堆肥コーナーに置いて、腐食させることに。ピーマン、大葉、そして、スイカが一つ落ちていたので、それも収穫。今日は絵を描くことで、僕の周りの自然と体が合わさった。畑から教わり、絵を描くようになり、今は絵を描き、その経験が体に合わさり、畑への感覚がまた変動していく。この運動、ピストンみたいな運動、機械みたいな感覚の運動が、いつも一定ではなく、揺れ動いていることに面白さを感じている。機械は機械でも、何かをつくる機械ではなく、感覚のための機械、感じ方は常に変化し、機械の目的もなく、目標も、完成品もなく、僕の無意識と意識はいつも揺れ動いているってことを感じるための、変化する機械、そのイメージが浮かんだ。

夜はまたニラだ。豚ニラ炒めを作った。もちろんあの素敵なソースで味付けを。もちろん美味しかった。

夜は歌をうたった。

変化する僕の動き。

27

２０２０年７月15日、畑82日目。

朝から原稿。迷うことなく、ずんずん進む。最近、本当に迷いがない。書くことがわかっていて、それを書いているわけでもない。書くことが何かはわかっていない。でも指を動かすと、思考がはじまる。思考と併走できている感覚。思考を後追いしていない。何を考えるかではなく、何を感じているのか。それはほとんど言葉になっていない。でもそれは充満している。その充満している中を歩くような感じ。だから、それもまた風景に近い。僕は思考の中の風景をただ見て、それを観察しながら、スケッチを残す。最近の文章は、スケッチに近い。パステル画を描いていることがそうさせているんだと思う。畑をやることで、自然への目が開き、それによって色と形をあらわすことができるようになった。そして、その絵のおかげで、思考や言語がより、風景に近くなっている。こうやって、僕の場合、いろんな仕事をしていることが、どんどん次のこと、別のこと、他のことを巻き込んでいく。ツルの理論である。そして、ここでまた僕は畑の思考と行動で感じたことに戻ってくる。10枚をすぐに書き終わった。

早めに仕事が終わったので、そのまま午前9時から車に乗って、ちょっとドライブ。最近、宇土や三角などの海を描いていて、本当に気持ちいいので、また写真を撮りにいくことに。空をみると、曇っているが、天気図を見ると、1時間くらいどうにかもちそうだったから行ってみた。モネの作品集を見ていると、曇りの絵もたくさんあって、僕も曇りの絵をもっと描いてみたいと思ったからだ。やっぱり晴れた日の絵が一番描いていて、気持ちいいけど、空はいろんな時があるし、僕の状態もいろいろあって、それが新しい感覚を呼び覚ますんだから、やってみよう。今は、自分が好きなことばかりやる、という感じともまた変わってきている。今は、なんでも知らないことを知りたい、絵を描くこと、文章を書くことは好きなんだから、それなら、どんな状態、状況、天気のことも知りたい、それを表してみたいと思っているんだと思う。そうやって、一つ感覚を知ると、知らない感覚への目が開かれる。自分の趣味嗜好から離れていける。良い兆候だと思う。

写真をしばらく撮影して、「ベル・エポック」へ行き、チーズケーキを買って、家で食べた。「ベル・エポック」という熊本の僕の家の近くにある店は世にも珍しいチーズケーキ専門店で、チーズ好きのパティシエが何種類もオリジナルのチーズケーキを作っている。光が差し込むと、ケーキに影響を与えるからと窓のない秘密の隠れ家のような店。こういうお店が熊本には何軒かある。僕は熊本のそういうところが大好きだ。秘密の料亭みたいなところがポツポツあって、京都にも似ているが、一見《いちげん》さんお断りなお店はまるでなし。この開いて閉じている感覚が僕の感覚に近いような気がする。今日は三種類のチーズケーキを買った。畑でとれたミントティーと一緒に。僕はお茶と言えば麦茶オンリーだったが、今は毎日、畑でとれたミントティーばかり飲んでいる。明日はモヒートでも作ってみようかな。家の隣にある酒屋にラムを買いに行こう。ミントならたらふくある。永遠に増殖するミントと一緒にいるだけで幸せな気持ちになるってもんだ。蚊除けにもなるし万能である。

その後、アトリエへ。昨日、すごく空が綺麗だったので、それを描きたいと思って、嬉しい気持ちでアトリエへ。

いい作品が描けると嬉しいと同時に、次はうまくいくのかどうか、緊張する。だから次の作品をつくる時、躊躇していた。それが原因で鬱になることもあった。でも、今、パステルを描いていて、不思議なことは、このプレッシャーが全くないってことだ。ただ次の新しい作品を描くだけ。新しい絵が見たい。僕が今、一番僕の次の新しい絵が見たい。そんな状態だ。楽しい。プレッシャーはない。うまくならなきゃとか、いい絵を描かなきゃとか、義務感ゼロ。ただ描きたい。どうなってもいい。評価される必要がない。評価は自分でできるようになった。パステルという画材に出会って、自分の体とぴったりで、できないことがなくなっているので、自分の中で見えない部分がない。だからって枯渇することもない。どんどん風景は移り変わっている。生成変化している季節、世界、風景と僕が一体になっている。僕も変化している。変化を恐れなくなった。僕にとっては画期的なことである。今はプレッシャーもなく、楽しみと一緒に描けているんだと思う。そしてこれこそが創造だと何か確信めいたものを感じるのである。パステルの方法論も完成形に近づいてきた。でも、それで終わりがあるわけじゃない。方法論が定まってからこそ、はじまる。モネはそこから２０００枚の油絵を描いた。ゴッホは10年の間に８７３枚の油絵を描いた。僕は毎日２枚のパステル画を描いている。10年描けば７０００枚くらいたまる。僕は後50年くらい描こうとしている。それだと４００００枚になる。それが楽しみで、１日１日のプレッシャーなんか軽く吹き飛んでいくのである。

今日も気持ちよく２枚の絵を描いた。

1枚は昨日の有明海の海、雲、夕日の絵。海面の表現がうまくいった。海の色は、深い青、灰色、泥色、黒を塗り込んで作った。そこに白と桃色を使って、光を表した。雲も青灰色の表現が昔は難しかったが、今は、そのグラデーションがよく見えるようになっている。そのこと自体が嬉しい。

もう1枚は昨日、1枚目に撮影した田んぼの写真で、ふっと心に残ったので、描いた。僕が今も覚えている9歳の時の写生は、電柱だけを描いた絵だ。あの絵、実家にないかなあと思い出したが、それでも僕の頭の中には今もある。電柱の絵が好きなのだ。僕はそればっかり描いている。インドの電柱も大好きだ。そして、今は落ち着いた穏やかな田んぼの電柱の絵を描いている。その変化に驚き、一方でその不変になんだか心が揺れ動く。僕は変わっていない。ずっと同じことをしている。それが、僕を安心させてくれてる。だからこそ、新しい絵に挑戦ができる。しかも、今は挑戦っていう感覚がまるでない、次の新しい呼吸、そのことに集中している。ただ息を吸って吐く、絵を描くことがそんなふうになってきている。一体、何が起きたんだ。

いつも絵を送っている、僕の絵の先生である、角田さんに今日の絵を送ったら、すぐに返事がきた。

「光だけでなく空気が描けてる！　光は見えるものだから描けるけど、空気は感じるものなので、描くのは難しいです」

空気を描く。そんなことを考えたこともなかったけど、確かにそうなっていたらいいなと思っていたんだと、角田さんの言葉を聞きながら気付かされた。本当に僕という土はこの周りにいる人たちのおかげでどんどん肥沃なものに育っていく。

角田さんは師匠なのに、本当になんでも全てを見せてくれるし、教えてくれる。

「迷いがないってことは、スポーツでいうと、ゾーンってやつかもね」

それはとても穏やかな超越だ。

僕は気持ちよく畑へ向かった。

ノラジョーンズが待っていて、シャンカルもすぐにやってきて、ラヴィもあとで遅れてやってきて、いつもの三人がいてくれて、僕は安心している。

僕は彼らによって、躁鬱病というものを概念から解体することができたんだと思う。もう溶けてなくなっている。そのまま土の養分になった。

畑もそうだ。畑にいるだけで、土、野菜たち、猫たち、彼らは僕のことをどんどん治す、やがて治すという概念もなくなって、気持ちよくさせてくれる。彼らからの感謝もあるのかもしれない。いくつもの大事なことを思い出させてくれた。どれもずっと昔、僕が感じていたことだ。4歳や5歳、6歳や7歳くらいに感じていたことともう一度、再会している。土はそうだ。いつも変わらない。野菜も毎年、猫だって世代を超えて、変わらなさを伝えてくれる。変化の渦にいながら、僕が感じているのはこの不変の感覚だ。永遠にそれは変わらない。繰り返す。僕という存在も何百年後だって繰り返す、どこかの誰かがどこかの猫に教わるんだきっと。

トマト、大葉、きゅうり、ミントを摘んで帰ってきた。

きゅうりのトゲが元気で、指に刺さった。そのまま切って、味噌をつけて食べた。本当に美味しかった。トマトも青いままだったけど、甘かった。

雨は止んでいる。夏のことを思い出した。僕の中にあるいくつもの夏のことを。きゅうりの水気が思い出させた。

28

2020年7月16日、畑83日目。

朝から原稿。今日も素直に自然と書けた。止まることなく10枚書き終わる。そのまま熊本日日新聞での連載『いのっちの電話』の原稿も書いた。この連載も熊本の人だけに向けたものだが、家の近くを歩いていると、よく近所の人から「読んでますよ」と声をかけられる。「うちの息子が躁鬱病なので、時々相談乗ってね」と言ってくるおじさんもいる。こういう関わり方もいいなと思う。みんなが僕の電話番号を知っていればいいなと。僕は自殺の問題とこの『土になる』がつながっていると思っている。実際に僕も土を触ることで死にたいという感情が完全にゼロになっている。どうにかできないものか。

現在、いのちの電話に対して、国は290億円の予算をつけているが、僕のやり方だと350人に年収450万円で「いのっちの電話相談員」を雇えば、現在いのちの電話にかかってきているすべての電話に出ることができる。いのちの電話は数パーセントしか電話を取れていないのが現状だ。僕の計算だと16億円の予算がつけば100パーセント電話がつながるようになる。僕が国に提案しても無理だろうが、熊本市、もしくは熊本県の首長であれば、実際に会ったことがあるし、僕の仕事のことも知ってくれている。熊本の人が全国の死にたい人の電話を取るっていう政策はできるのかもしれない。なぜ3百億円も自殺防止関連予算に必要なのか、僕には理解ができない。計算は得意なので任せて欲しいと思うが、僕みたいなのは、よくわからないやつだと思われてしまうから、僕は自分でお金集めをするしかないんだろうな。

今年は僕が畑を始めたが、来年は、僕だけじゃなくて、誰でも使えるような畑を2区画、ヒダカさんから借りてもいいなと思ってきている。本当は誰でも畑を始められるのである。役所に問い合わせたら僕もすぐに教えてもらった。自分で体を動かして、誰かの畑ではなく、自分の畑をつくることが重要なんだと思っている。商売の道具にしないことも大事な点かもしれない。農家になることと、趣味で畑をすることとは違う。そして、今、僕が重要だと思っているのは、ただ趣味で畑をやるってことだ。自分でやってみること。自分で問い合わせて実践すること。そうしないと土がその人に向いてくれない感じがする。土を触るといいからといって、畑を準備してあげても意味がないので、やっぱり僕はここで自分と土との関係を書いて、作品を発表する方がいいんだろう、自殺に関しても土に関しても、結局、僕は自分でできる範囲のことを最大限やっていくしかない。

午前中時間ができたので、そして何よりも晴れたので、江津湖へと向かった。

先日までの豪雨で、江津湖も冠水してたようだが、今日行くと、いつもの江津湖だった。ほっとした。僕は江津湖が大好きだ。今は畑ばかりに行ってるけど、それまでは鬱になれば、いつも江津湖に向かっていた。元気がいい時は江津湖で泳いだ。孤独感を覚えるのは、友達がいないからじゃなくて、土のことを忘れてるからじゃないか。人間以外の生き物との語らいをしていないから孤独を感じる。家族はいるのに孤独を感じていた僕は、今そう思う。江津湖に行くことで、どうにかそれを打破しようとしていたのかもしれない。そんなことを思い出しながら、久々の晴れた午前11時、気持ちよく散歩しながら写真を撮った。僕は写真を撮るのが好きだったが、写真だけじゃ物足りない感じがずっとあって、写真に残したいと思う風景自体を作品にしたいと思っていた。パステル画は絵でありながら、僕の写真作品でもあるんだと思う。僕はずっとやりたいと思っていたことに、今夢中になっている。

鬱のとき、自然の中にいると、怖くなっていた。山の中に住むなんてありえないと思っていた。今は全然変わった。山の中に住みたいとすら思っている。今は人と話すのは少しでいいと思っている。というよりも、僕は人だけでなく、他の生き物や無生物とも実は触れていて、そこからもたくさんの伝達を受けていると気づいた。人もあらゆるすべての生き物の中の一部という意識が芽生えたんだと思う。人に会いにいくくらいの気持ちで水にも葉っぱにも会いにいく。だから今は疲れないんだと思う。何事も過剰は疲れる。水も飲み過ぎたら植物は死ぬ。それと同じで人にも会いすぎたら人間は疲れる。当然のことだ。そうじゃなくて、いろんなこと、いろんなものが集まって、すれ違って、重なり合って、それが土で、土のように生きると体が楽なのは当然のことなんだろう。撮影はうまく行ったので、もちろんそのままアトリエへ。

今日はアトリエで、今日の江津湖と、一昨日の有明海を描いた。

どちらもただの風景で、僕が暮らしている近所の２０２０年の今の風景だ。それが僕にとってとても大事なことで、僕が見ているってこと、僕が触れているということ、パステルを描くという行為は懐かしむための道具ではなくて、僕が今、感じていることをそのまま素直に外に出すという作業である。でも、それが絵を見てくれる人にとっては過去に自分が見た風景と重なるところもあるらしく興味深い。それはつまり、僕が思い出して描いているわけじゃないからだと思う。徹底して現在だからこそ、誰かが過去に見た一瞬の時間とつながるのだと思う。今、僕はそのことに気づいて嬉しい。今、次々と気づくことがある。どれも今まで忘れていたことだ。つまり、僕がもともと知っていたはずのことだ。だからこそとても新鮮な気持ちになる。この新鮮さもまた、いつかの新鮮さを今この瞬間に思い起こさせるから感じるのである。つまり、感じるということ自体がすべて、実は過去の、振り返った時間ではなく、過去のその瞬間と再会した時に起こる感覚なのかもしれない。そんなことは今まで考えたことがなかった。

僕は土と再会して、土と初めて出会ったその瞬間と再会し、もう人前に出て話したりする気が一切なくなった。もっともっと僕が近づくべき場所があって、土と触れることは僕の作品をつくるためのスパイスとかそういうことじゃなくて、僕はここで生きるんだ、ここで生きて、ここで得たことがただ作品として漏れ出ていくだけなんだと確信している。僕はこの日課、朝起きて原稿、昼アトリエでパステル、そして夕方畑というこの動きをずっと続けていたいと思った。そんな日課に出会えてよかった。でもそれはまた再会である。僕は記憶している。僕のその新鮮さの予感を感じた幼い頃のことを。

「空の方はもう恭平オリジナルの空って感じですね。江津湖の方は水面が鏡面のような反射になってて良いです」

と角田さん。

「夏は光が強くなって反射した色がまた変化していくから、同じ場所でも違っていくだろうね」

「じゃ、同じ場所の絵も季節ごとに描いてみたらいいですね」

アトリエをでた僕は畑へ向かった。向かう途中もまた気になる風景、それはいつも車で通り過ぎる道だ。所々でいつものように車を止めて、写真撮影。

今日も晴れている。ほっとしている。

畑へ着くと、ノラジョーンズはいつものように待っている。足で顔をかいている。こちらに向かってにゃーと鳴いた。もうにゃーだけじゃなくて言葉まで話すようになってきた。

「ちょっと遅れてごめん」

僕は返事をした。

「すぐ餌欲しいのに、いつも車の中にいたり、向こうに草を取りに行ったりして、遅い」

「いや、蚊に喰われるのいやだから、ミントの森にいって、ミントを体になすりつけてるの。そうしないと、あなたにゆっくり餌あげれないでしょうが」

「腹減った」

「はいはい」

と話しているわけじゃないが、そんな感じのやりとりをしながら、ゆっくり「ちゅ～る」をあげた。ノラジョーンズは僕との食事の時間はお母さんというよりも甘えた子猫のままである。食べ終わると、僕はカリカリを皿に注ぐ。ノラジョーンズは僕にお尻を向けて食べ始める。子猫ちゃん、食事の時間だよ、と急にお母さんみたいな声を出す。子猫たちはどこかで遊んでいるらしい。まだ寿司屋の外には出たことがないんだと思う。彼らの遊び場は家の端の金網で囲われたトンネルだ。いつも二匹はそこから僕を観察している。近づくと逃げていってしまうから、かわいそうだと思って、今日は皿を覗かずにノラジョーンズとバイバイした。ノラの顔を見てたら、きっと子供たちも元気だと想像ができたからだ。

畑は元気。みんな元気。トマトも苦しそうだったが、また美味しい実をつけている。でもそれぞれの植物がどこか痩せ細っているような感覚ではあった。

ヒダカさんのところにいって相談しようとすると、ヒダカさんは肥料を撒いていた。あ、確かに。僕はすっかり追肥のことを忘れていた。

「そろそろ追肥した方がいいってことですね」

「だろうなあ。このままじゃもたんやろう。ピーマンも実はできるけど、少しずつ小さくなってきとる」

「確かにそうですね」

明日、僕も追肥することにした。

「梅雨明けましたかね？」

「そうやな、あと2日くらいかな」

ヒダカさんは天気の天才なのである。

「とうもろこしの堆肥つくるのまだ早いですかね？」

「日曜日にしときなさい。土日はきっともっと晴れるから」

「はい」

「夏がはじまるぞ」

ヒダカさんがまた違うモードに入っている。梅雨の時とはやっぱり違う。夏は僕ももちろんまだ未経験だ。

「水やり忘れないようにね、夏は」

「毎日くればいいですよね」

「そりゃそうだ」

また畑で話す機会が増えそうで嬉しい。雨の時はヒダカさんに会えないことが寂しくなるとは想像もしなかった。夏はその点では楽しくなりそうだ。トマトとピーマンと大葉を収穫、スイカのところにいくと、小玉が一つ落ちていた。落ちた時が食べ頃なのだと最近の僕が感じているままに籠へ。帰ってきて、切ったら、可愛い顔をして、中身はしっかり赤かった。そして美味しかった。

29

2020年7月17日、畑84日目。

朝から原稿。毎日変わらぬ日課である。このまま生活していきたいと思える日課ができたことはとても嬉しい。僕はどうやらずっと昔からそれを待ち望んでいたような気がする。はじめは日課なんかなかった。でも、本当は毎日、同じことをずっとしたいなと思っていた。初めての本、『0円ハウス』を出したのは今から17年前、2004年か。その頃から日課として創作をしたくて、色々と試してきた。『0円ハウス』は写真集だったから、僕は写真集を出し続けるのかと勘違いしてて、そのころは毎日日課として写真を撮りに行っていた。量が溜まったら、セブン-イレブンでカラーコピーをして自分で1冊だけの手製の写真集を何冊か作った。そのころも絵を描いていたが、まだ日課となるほどはやっていなかった。歌もアルバムは作ったが、それも日課にはならなかった。だから毎日がもったいないと感じていたような気がする。僕は何者でもなく、仕事もほとんどなく、バイトしなくちゃ食っていけなかったから、バイトに行っていた。バイトが日課とは思いたくなかったので、朝早く起きて、何かやろうとしていた。しかし、まだその力の持って行き先がわからない状態で、何をしたらいいのかわからないと悩む時間が日課になっていた。

原稿を書くという日課を思いついたのは、2007年の頃だ。僕は結婚し、フーに子供ができた。その時、二人ともなんと無職だったのだ。僕はバイトをやめ、書き下ろしの本を書くことを決めた。日課がなかったら、多分路頭に迷っていたと思う。というわけで、その時に生まれて初めて原稿を書き始めて、1日10枚書くという日課を作った。書き下ろしは350枚だったので、なんと1ヶ月半もかからずに1冊の本を書き終えることができた。そして、その日課の間、僕は不安を感じることなく、毎日を過ごした。それが大きかったんだと思う。それから、毎日10枚書くという日課が助けになった。でもその頃はまだ何を書くのかわからない、という状態で、1冊書き終わったら、僕にはもう何にもネタがない、と感じてしまった。

あれから13年が経つが、今は、何を書くとか何にも考えない。本にすることもまずは考えない。それよりも、今、感じていること、これを書いている今だってそうだ、今、この瞬間に感じていることをそのまま書くという方法論が身についてきた。生活の一部になってきた。だから今は年間3600枚くらい書いていることになる。そうなると10冊分くらいの分量だ。でも本はそんなには出ていない。つまり、僕の仕事のほとんどが実は形になっていない。だからといってもったいないとは思わない。土みたいなものだ。僕は書いたものを後で読み返すということをしない。全くしない。本になる時は、推敲をするし、ゲラ直しをするので、読み返すが、いつもその時、僕はびっくりする。僕が書いたものなのかとびっくりする。これもなんなんだろうなと思っていたが、今ではわかる。土だと思うとこれは当然のことで、振り返らずに、いろんなものがどんどん土の中に紛れ込む、それこそ捨てられたように、刈った草も、食べかすも、腐ったトマトも全部土に放りこむ。その放り込む感じを実は僕は本を書くという行為の中で行ってきたんだと今ならわかる。それはすべてフカフカの土をつくるために大事な過程である。むしろ、土には過程しかない。完成はない。実ができてもすぐ次に移る。休みはない、仕事ではない、それは生活よりも生活で、生活よりももっと続くもので、もっと言うと、僕が死んでも続く。その感覚を今は肌で感じ、実践できているので、僕は本を書くということについても常に、畑を続けているような感覚で行動できるようになっているんだと思う。

やり続けるだけで、やったことに対する評価をしない、それよりも、毎日、感じていることをそのまま放り込むだけ。まとめない、見えている部分だけで判断しない。これは僕の体を楽にするための方法でもある。かつ、力が身についていく、土がよくなる、文がよくなるコツでもある。僕の悪い部分も土にはいいし、文にもいい。大葉を例にとると、僕は虫が食べた大葉は食べない、そのままほうっとく、それは虫が食べるための大葉だからだ。それはとてもわかりやすい、色も違うし、何よりも穴が空いている。それには触らない。虫にあげる。穴がひどくなったら、摘んで、そのまま土の上に放り込む。僕は穴の空いていない、僕が綺麗だなと思った大葉だけ摘む。それがやっぱりおいしい。香りがある。虫には香りが強いからそれを食べないんだろうなと今ならわかる。ミントだって、多くの虫にとっては劇物だ。僕には最高の香り。だから香りがいいものは、虫は寄り付かない、かつ僕が食べたらおいしい。なんと素敵なすみ分けだろうか。そんな素敵なすみ分けが行われているのが土だ。そして文章もまた同じなのだ。僕がいまいちかなと思った文章を人が面白いと言ったりする。だから自分では判断しない。ただ、毎日、書いていく上で僕が注意しているのは、僕が楽しく書いているか、書きたいことを書いているかってだけだ。それが僕にとっての香りの高い大葉だ。後は虫に食われる。表現が悪いかもしれないが、虫ってのが読者の人だ。読者が好きな文章は読者が好きな文章だ。それが僕が好きな文章だと勘違いしちゃいけない。そうすると、いつの間にか人のために書くようになってしまうからだ。いつでも自分のために。自分が楽しめるように。それがおいしい大葉を見つけるコツであり、書くときのコツである。

最近はサクサク書き進められるので、時間ができる。それで今日もドライブへ行った。

晴れている。もしかして梅雨明けなのではないかと思うくらい、思い切りセミが躊躇せずに鳴いている。空を見ると、青色が光で霞んでいる。すぐに車に乗って、走り始めた。向かうはもちろん、三角西港である。気持ちいいドライブだった。そして、無茶苦茶いい風景を見つけた。風景採集をしている時が今はとても楽しい。同じ場所にも行った。西港のアコウの木の下、そして赤瀬の坂道である。この2枚は僕にとっても大事な2枚の絵になった。

帰ってきたら、そのままアトリエへ。早速今日撮影した写真を元に絵を描いた。また西港の様子と赤瀬の坂道から見た有明海だ。本当に僕はこの二つの場所が好きだ。赤瀬にアトリエを作りたいと思うくらいだ。物件を探してみようかなと思った。海の真前《まんまえ》のアトリエ。気持ちよさそうだ。ドライブで見つけた風景とそこに住んで見つける風景は全然違うだろうから。それくらい、僕は僕しか知らない風景を見つけているような気がする。ここからの海の色が好きだ。

今日もすごくいい絵が描けたと思う。絵の師匠、角田さんに送った。

「青が日本の青って雰囲気でいいね、岸田劉生の風景画を思い出します。現前する色を先入観なしに正確に選ぶことができるようになってきているんだろうね。恭平が見た色がそのまま定着できてるから、迷いがなくなっているんじゃないかな。自我がどんどんコントロールできてる感じですね。ここのところの絵はクリアで静謐《せいひつ》な雰囲気が出てきてるね」

「2枚とも今日のドライブで見つけた、いい景色です」

「そうなんだ。今日なのに永遠な感じだね」

今日なのに永遠って言葉が頭に残る。嬉しかった。その後、アトリエでセザンヌの研究をした。

良く風景を描くには、わしは地層を発見しなければいけない。

ジョアキム・ギャスケ『セザンヌとの対話』

モネもいいけど、やっぱりセザンヌはすごい。モネは光で物質を表すが、セザンヌはその否定をしている。地層を発見し、空の重さを感じなければ物質は描けないと言っている。パンクな二人の戦いを21世紀の僕は優雅に眺めつつ、自らの養分にした。今日は水彩画を中心に研究した。

その後、畑へ。変わらぬ日課。ノラジョーンズも変わらぬ日課のことを知っている。彼女にとっても変わらぬ日課。なんかその感じが嬉しい。日向ぼっこするノラジョーンズ。シャンカルもまた間違って、僕の前に出てきて、びっくりして逃げていった。それも日課みたいで、演技しているのか、天然なのか、シャンカルはそのどちらもありそうで興味深い。ラヴィは2日連続でいなかった。大丈夫かな。ノラジョーンズが少し寂しそうな顔をしているようにも感じられたんだけど、僕が勝手に妄想するのはやめておこう。きっとラヴィも元気だ。

スイカが落ちていたので、収穫。もっと色が濃くなっているスイカは他にもあったのに、なんでこれが落ちたかなあ。でも、野菜に無意味なことが何もないってことがすごい。それが驚きである。おそらく、このスイカにも意味がある。それが何か僕が知らないだけだ。でもおいしいんだと思う。表面の色でしか僕は判断できないが、スイカはそれだけじゃないんだと思う。とこれもまた考えたことがないことだ。今日は久しぶりにからっからに晴れて、畑も嬉しそうだ。トマトも少しだけ元気になっているような気がする。声をかけつつ、枯れた下の枝を枝切り鋏でカットしてあげた。散髪みたいなもんで、野菜自体も気持ちよさそうな顔をする。ちょっと悪くなったトマトたちがいたので、それはとうもろこしの堆肥コーナーへ。とにかく無駄なことは何もない。動きも止まらない。常に変化し、常に意味がある道を見つけていく。

それが野菜で、つまり、それが人間なんだと思う。僕は野菜のことを違う生き物だとは思っていない。ノラジョーンズだってそうだ。僕が考えるように考えるわけじゃないから、勝手に彼らの考え方をこちらでつくるのは違うと思うが、野菜の動きを見て、僕のこれからのことを考えるのはとてもいい刺激になる。それは僕が知らなかった僕の姿のようだからだ。人間はすぐに、こんなことは意味がない、意味がないことはしない、なんでもすぐ無駄だと言う。それは知らないだけなのだ。という単純なことをいつも学ぶ。ヒダカさんに言われたように、今日は追肥を撒いた。友人のひろみにもらった、オカラを完全熟成したとても清々しい肥料だ。草を刈って撒いた方がいいかなと思ったけど、草は草で元気に楽しくやってるから、観察していれば、そこまでひどいことにならないかもと思って、最近は刈っていない。その方が楽だし、畝も元気そうだ。というわけで、草をかき分け、肥料を撒いた。久しぶりに畑作業をして、ズボンの中までびっしょり汗をかいた。もうすぐ夏が始まるってことだ。季節が変化したのをしっかりと感じた。野菜の顔も変わっている。ノラジョーンズたちの餌の皿も、もう少し日の当たるところに引っ張り出した。シャンカルはそれ見て、すぐに逃げていった。僕の体調もとてもいい。鬱明け３１１日目だ。

すごいことだ。

30

２０２０年７月19日、畑86日目。

朝から原稿、書こうと思ったけど、今日、日曜日だしなあと思ってやめといた。この前、５日間の休みを入れて、それがとても体が楽になる休みだったから、週に１回はボケッとしようと思ったことを思い出した。それでいいかもなあ。日課も大事だけど、休みも大事。休むと確実に楽になっているので、そして、今は鬱になる気配がまるでない。

本当に昔、昔と言っても昨年までの話だ、休むことができなかった。休むとすぐに日課が崩れるかもしれないと思って、不安になって、ついつい本を書くか、絵を描いていた。でも５日間休んで、５日も必要ないこともわかった。１日でいい。年に２回くらい３連休があればいい。でも１日休むと大きい。そんな簡単なことが今までわからなかったのである。今考えると、そりゃ鬱になるわ。鬱にならないと休まなかったんだから。その前に休めばよかった。

とそんなことをしていると、「いのっちの電話」がかかってきて、電話口で男の子が苦しんでいる。

「苦しい？」

「はい、苦しいです」

「苦しいって何が苦しいかわかる？」

「わかりません、精神的なものだと思います」

「でも、苦しいんだよね」

「はい、苦しいです」

「それって、心臓が苦しいってことだと思うのよ」

「は、心臓ですか？」

「うん。苦しいって、息がしにくいってことだからね」

「はあ」

「そこで、苦しい時にどうすればいいかを教えようか？」

「はい、ぜひ知りたいです」

「まずね、心臓が苦しんでいるってことに気づこう」

「はい。どうすれば気づけるんですか？」

「それはね、心臓のことをイメージすればいいよ」

「は、イメージ？」

「ま、開いて見るわけにはいかないからね。胸に手を当てて、存在を確認し、心臓が動いている様子をイメージしてみよう」

「はい」

「どう？」

「どうって？」

「楽になってない？」

「いや、どうかな」

「心臓のことを考えながら、次に息を大きく、でもゆっくり吐いてみて」

「はあ〜〜〜〜〜〜〜〜〜〜〜〜」

「どう？」

「楽ですね」

「さらに楽になりたい？」

「はい。もっと」

「今立ってる？」

「さっきまでうろうろしてましたが、家の中で、今は座りながら電話してます」

「あのね、立ってても座ってても、無茶苦茶働かなくちゃいけないものなーんだ？」

「わかりません」

「その、心臓だよ」

「ほう」

「心臓ってポンプの役目だからね。足指まで血を届かせるために、必死でポンプしてる」

「言われてみればそうですね」

「それを休ませたい。どうする？」

「横になりますか？」

「正解。横になってみて」

「はい」

「どうかな？」

「確かに楽ですね」

「今、仰向けかな」

「はい。横になってますから」

「さらに楽になりたい？」

「はい」

「じゃあうつ伏せになってみて」

「はい」

「どうかな」

「確かに楽ですね」

「そして、もう一度、大きく息を吐いてみて」

「はあ〜〜〜〜〜〜〜〜」

「どう？」

「むちゃ楽です」

「気持ちいい？」

「そうですね、気持ちいいです」

「それ忘れないでね。体って心臓が苦しいってわかると、どうにかしてそれを抑えるために、あなたを不安にさせるから」

「体が？」

「そう。不安だとあなたどうなる？」

「家から出られなくなりますね。動けなくなります」

「それが体の目的」

「？」

「不安なおかげであなたは動きが止まる。それは休んでるってことだよ」

「でも苦しいですよ」

「うん、体はあんまり上手ではない。言葉を持ってないから、実は休ませたいから不安にさせてるだなんて言えない」

「どうすればいいんですか？」

「今やってるじゃん」

「あ、うつ伏せ」

「そう、そして？」

「大きく息を吐く」

「正解。おかげで？」

「楽になった」

「気持ちいい？」

「気持ちいいです」

「気持ちがいいと体が楽になるのね。体は不安にさせないとあなたが止まらないと思い込んでるから、そうじゃなくて気持ちよくても楽になるんだってことを体に伝える必要がある。そしてさらに気持ちよくしてみようよ」

「どうやって？」

「好きなことをさせたら、さらに気持ちいいよ」

「好きなこと？」

「わからないでしょ？」

「そうですね。好きなことが何か、わからなくなってしまってます」

「そういう時は限定させよう」

「限定？」

「つまり、好きなこと、じゃなくて、たとえば好きな食べ物、何？　今、一番食べたいもの」

「スイカ、ですね」

「ほら、すぐ出てきたね」

「はい、さっぱりしたいです」

「じゃあ、今から着替えて、スイカ買いに行ってみて」

「それならできそうです。食べたいから」

「今、どう？　苦しい？」

「確かに苦しくないですね。不思議です」

「当たり前のことだよ。気持ちがいいとき、苦しくはないでしょ？」

「確かにそうですね」


と電話しながら、僕は「休むという技術」という次の新刊のタイトルが出てきた。今日は休みだし、ちょうどいい。今度はその本を書こう。

いかんいかん、全然休みになってない。というわけで、みんなで植木《うえき》の讃岐うどん「みしま」に行って、お昼ご飯を食べて、「吉次園《きちじえん》」でフルーツパフェを食べた。その後、家でぼうっとした。そして午後5時からは畑へ行った。畑だけは休みがない。

畑へ行くと、シミズさんがいた。久しぶりに会った。シミズさんは九条ネギと秋きゅうりを植えていた。

「今はそれを植えるタイミングなんですか？」

「そうですね。まだ梅雨明けじゃなくて、来週もちょっと降りそうなんで、その前に植えておかないと」

「他にもあるんですか？」

「葉物系はまだ後ですからね。今はこれくらいじゃないですか」

「僕も植えたいです。どこに植えたらいいですかね？」

「とうもろこしが終わってるから、そこに植えたらいいですよ」

ということで、僕はとうもろこしの畝をクワでまた耕した。

「秋きゅうりとネギなら、とうもろこしのあとでも連作障害みたいなことは起きないと思いますよ」

シミズさんはいつも丁寧になんでも教えてくれる。とれたてのごぼうもくれた。

「とんでもなく大きな葉っぱですね」

「茎は煮物に、葉っぱは佃煮にできますよ」

「初めてみました、ゴボウの茎と葉っぱ」

僕は知らないことが多すぎる。でも今はもう恥ずかしくもなんともない。知らないことは知ればいい。自分で経験したら絶対に忘れない。

オカラの追肥が余っていたので、それも土に混ぜて、とうもろこしの茎と葉っぱも、トマトの腐ったものも混ぜて、周辺の刈った草も混ぜて、いい土になりますようにとお祈りした。すると、アオキさんたちもやってきた。

「ニラいるね？」

アオキさんたちは完全自然農の固定種だ。

「この前、ニラ玉と豚ニラ丼作りました。本当に美味しかったので、来年やりたいです」

「ニラはどんどん育つからいいよ。雑草と変わらない。でも1年目は食べられないんだよね。2年目から食べられるようになるよ」

「へえ」

やっぱり知らないことばかりだ。

「初オクラもあげる」

「ありがとうございます」

「にゃ～」

ノラジョーンズが遅れてきて、呼んでいる。

シャンカルもずっと会っていなかったラヴィもいた。よかったあ。ほっとして、今日はカリカりを二匹にたくさんあげた。

そして、ノラジョーンズに「ちゅ〜る」をあげた。二人でゆっくり過ごす。二匹の子供たちはやっぱりまだ僕と目が合うと逃げていくので、そっとしといた。

今日は、白ナス、そして小松菜も初収穫、きゅうりも大葉も。ミントも摘んで、大収穫。

「とうもろこしの畝を耕して、明日、秋きゅうりと九条ネギ植えてみます」

「苗あったって？」

「ホームセンターのヒロセで買ってきたってシミズさん言ってました。明日買ってこようかと。しばらく土、放置しといたほうがいいですかね？」

「いいんじゃないかな。シミズさんは耕してすぐ植えるしね」

「じゃやってみます」

「あのさあ」

「はい」

「おれの分も苗買ってきて。きゅうり作りたい」

「もちろん。明日買ってきますね」

夏がそろそろ始まる。畑仲間との会合、対話もまた始まり出した。ノラたちも元気で安心した。夕日がすごかった。またパステルで描きたい夕日だった。写真を撮った。

いい休みの日だった。

31

２０２０年７月20日、畑87日目。

朝起きて、原稿。すぐに書き上げる。文章を書くのが楽だ。楽というか、別に嫌な時は書かない。書きたい時に書いている。それでも今は書いているという意識がないくらいだ。書いたこともいつも忘れている。それまでは小説を執筆している時がそうだった。書いている時、無意識状態に近いのかもしれない。今は生活の中でそれを実践しているような感覚。小説を書くのは、時に苦しい時期があったが、生活の中での無意識の執筆はとにかく楽だ。僕と体とその周りの空気、気候にズレがない、ズレがないというのか、一つになっているはずはないので、ズレはあるが、そのズレに対して、逆に繊細に気づけているような感じ。だからこそ、ズレをうまく調整しつつ対応している。それが一体化しているような感覚を生み出しているのかもしれない。僕は今は、何か書きたいことがあるというよりも、この呼吸自体を書きたい。何かを書く、ということから離れて、僕が生きているそのままの様子を書きたい。僕はいつも変化していて、時には全く僕が知らない、僕ではないような瞬間もある。それまではその時は書かなかったわけだ。僕じゃないんだから。でも今はそうじゃない。僕じゃなくても書く。そういう気配が体に去来しては、風みたいに吹き抜けていなくなる。でも無くなったわけじゃない。巡り巡って返ってくる。そして、またいなくなる。

そのまま『POPEYE』の連載原稿を書いて、これもすんなりと書いて、橙書店へ。ジンジャーエールを飲んで、アトリエへ。

一昨日焼いていた電気窯を開けると、畑の土は全て溶けて板チョコレートみたいになっていた。不思議な形をしていた。

なんでも実験なので、壊れても、うまく行かなくてもあんまり気にしない。どれも畑の土であることには変わらないし、すぐ形にできてしまうところもあるので、形が崩れるとむしろほっとする。お前、そんなにうまくいくと思うなよ、と土が僕を諭してくれているのがわかる。そうだ、すぐに形になると思うなかれ。僕の中で、うまくいくとすぐにその形を追いかける。でも本来、形は一瞬のことで、形はその瞬間の止まった時間で、実はドロドロと流れる。水のようにさらさらどこまでも垂れていく。そのことを思い出させてくれた。ずいぶん前向きな考えだ。僕は少し変わったのかもしれないと自分で思った。

一昨日は1250度で焼いた。それだと溶ける。800度だと溶けなかった。それなら今度は1000度くらいで試してみたらいいってだけだ。

畑の土は無限にある。土は岩が崩れ、生き物の死骸と混ざったものだ。地球にしかないことになっている物体だ。僕もその土から生まれた。

母なる大地という言葉が、今は全く違って聞こえてくる。それは比喩じゃないってことがわかってきた。そこから離れてどうする。

土に戻るのは当然の話だ。土を食べるのだって当然の話だ。そこから土まみれになって生まれてきたんだから。血も肉も思考も全てそこから。

昨日の植木に行くまでの道を描いた。パステルももう体の一部だ。つまり、体の一部と勘違いするほど、そのズレに鮮明に気づき、調整しているってことだ。風景は僕の目だけじゃなくて、体全体を通過する、そうやって、1日寝かせて、体の中を舞った後、紙の上にパステル画として吹き抜けていく。この1日置くのはいい感じ。体の中に風景が入り込んでいる。視界だけじゃなくて、その瞬間に感じたあれこれ、体感したことだけじゃない、その時に思い出した、南仏の記憶、モネの絵の記憶、フランシス・ベーコンの風景の絵の記憶まで出てきた。いや、それは描いている今出てきたことだ。様々なものが、記憶、つまり時間の死骸が、土の中である僕の体で変成している。それが僕の絵だ。納得と感動、理解と感動が、同時に起きている。単なる驚きじゃない。答え合わせでもない。新しく知りながら、一歩ずつルーツを辿っているような、でもそれはいつも知らない場所で、僕が生まれた場所だ。土はいつもそんなふうにして僕の常識を超えながら、僕だけの感覚を教えてくれる。この感覚は僕から出てきたもので、もともと僕が知っていたことだ。そう感じる時、僕は喜びを感じるようになった。体にじんわりとしみてくる、喜び。

他者に何か口にすることのできないもの。僕はただ笑顔になるだけだ。穏やかに。

いい絵が描けたと思う。昨日見た風景だ。写真とは違うけど、僕が見たまんまの雲だ。忠実であることがこんなに新鮮で、僕にとって新しいことが驚きである。

今日は絵を1枚だけゆっくりじっくり描いた。その方がいいことがわかった。今までは数にこだわってきたところがあるけど、当然だけど、じっくりやった方がいい絵が描ける気がする。僕の中で焦りというものがほとんど姿を消していることに気づいている。ようやく出会った自分なりの手法であり、主題なんだからじっくり付き合おう。きっとうまくいく。

畑へ行く前に、ホームセンターのヒロセに行って、秋きゅうりと九条ネギの苗を買おうとしたけど、売り切れてて、明日入荷とのこと。

途中でいい雲、いい空が溢れていたので、またゆっくりぼんやりと眺め、そして写真を撮った。明日はどんな絵になるのか。土みたいに体の中でじっくり熟成させることにする。

畑へ。風景見るのに忙しくて、遅くなったので、ノラジョーンズは待ちくたびれた顔をしてた。ごめん。すぐに餌をあげた。ゴロンゴロンして甘えてくる。まだ2歳にもならないくらいなんじゃないかなノラ。まだ子供なのだ。シャンカルもいた。ラヴィはいないけど、多分もう大丈夫だ。

アオキさんが近づいてきた。

「子供二匹やったよねえ」

「はい、そうですね」

「ところがね……」

そして、アオキさんはスマホを取り出し、僕に写真を見せた。

なんと四匹いる。ノラジョーンズ、ラヴィ、シャンカル、で、あと一匹黒い子猫が。

「この子も子供だろう？」

なんとノラジョーンズは三匹子供を産んでいたようだ。

「13日に一度見たきりなんだけどね。警戒心強い子なのかもなあ」

ノラジョーンズは何食わぬ顔で僕を見てる。三匹目、元気ならいいけど。僕はついつい名前を思い浮かべたりしてた。でも実際に会わないとね、名前は出てこない。気長に待つことにしよう。

畑はみんな元気。今日はしっかり置いたスイカを収穫した。ヒダカさんがやってきた。

「明日、ピーマン出荷やから、あげるよ」

ヒダカさんだけは育てた野菜を出荷している。

「え、いいんですか。ヒダカさんのピーマン美味しいから」

ヒダカさんはナスも二本持ってた。大きなナスだ。

「美味しそうなナスですね。これももらっていいんですか？」

「いや、これは俺が食べる」

一度、そういって、ヒダカさんは一本を僕にくれた。

「すみません、つい、美味しそうで」

「きゅうり元気なさそうやな」

僕は自分の畑のきゅうりをみた。少し曲がっている。まっすぐ伸びていない。

「栄養失調やな」

ヒダカさんが言った。

「3日前に追肥したから、それでまた踏ん張ってくれますかね？」

「うん、大丈夫やろ」

土が痩せるということも、今、経験しはじめている。

「とうもろこしコーナーはどうですかね？」

僕は昨日耕した畝を見せた。

「いい感じだ。大丈夫やろ」

トマトも水っ腹になっていたのが、少しマシになってきたみたいで、実が割れなくなった。ヒダカさんの教えで、野菜はギリギリまで頑張るから、こっちで死んだと見切らないようにと学んだ。その精神で接すると、また野菜が違う顔色を見せる。僕自身励まされているのを感じる。

夏が始まっている。汗をびっしょりかいた。みんないい感じに汗臭い。

入道雲の夕暮れが綺麗だった。金峰山を見ながら、僕は自分がこの山の麓で暮らしていること、そして、この山はずっと何度も夏を過ごしてきたという当たり前のことがとても不思議に思えた。この山の麓で暮らしてきた、多くの人間たちと同じように、僕もここで生きている。彼らは屍《しかばね》となって、土にかえった。僕も土にかえるんだなあと思った。いずれ土にかえる僕が目にした風景を、明日パステル画としてあらわにすることがとても不思議で、それは花みたいなものか、花のような気持ちになったのは初めてだった。

人間が絵を描く、描かれた絵は僕という茎の先に咲いた花のようだと思った。

僕の直感、僕の狂気か。

32

2020年7月21日、畑88日目。

朝から原稿。気持ちよく書けているような気がする。でも書いたことをそのままその瞬間に全部忘れてしまうような書き方をしているんだと思う。考えているよりも先のまだ形になっていない感覚を書くような感じ。セミの声が聞こえる。夏休みが楽しかった時のことを思い出し、今はそういう日が続いているじゃないか、それだけでも幸福だと思う。僕は何かをつくることに全ての時間を注ぎ込みたいと、小学生の頃から悶々としていた。しかし、あの頃は何を作ればいいのかすらわからなかった。何かは作りたい、でもその何かは思い浮かばない、何かはいつも適当で、思いついたものでしかなかった、しかも継続しなかった。5分間でも制作できたらすぐに満足していた。それがよかったんだろう。今はすぐ形にしようとする。そうやって、すぐアスファルトを敷こうとする、それは都市だけの話じゃなくて、僕の日々の生活においてもそんなことが起きる。だから、気づいたら、すぐにアスファルトをひっぺがえす作業が必要だ。そんなことをしなくてよかったのは小学生の頃だ。継続するということすら考えていないんだから、作品をつくるという感覚もない。ただその瞬間、何か作ればいい。今、僕は何かを残そうとしてしまう。すぐに消えていく、すぐに飽きる、思うままにそれでいいのに、それじゃなくて作品にしようとする。まだまだだなと思う。でも、やりたいようにするしかない。目標は、適当にやるということだ。しかし、この文章だって、書き溜めることで喜びを感じている。完成なんかさせなくてもいい。書いて、そのまま、書き散らして、溜めない、そのまま書き終わったら捨てるくらいの感覚でやってみたい。でも、たくさんの捨てて来た僕が作ったものを惜しむ僕もいる。

今日も昨日の風景を、昨日見て、体の中に取り込んだ風景を外に出すようなイメージで描いた。最近見つけた、畑の途中にある気持ちいいポイントの絵を描いた。白川河口付近の午後5時の風景。

まずは青寄りの水色を前面に塗って、指でなすりつけて、全面に塗った。さらに群青色を塗り重ね、さらに群青色よりももう少し明るめの青も重ねていく。さらに二種類の紫を薄く塗り込む。すると、少しずつ奥行きが出てくる。次は地平線のほうから白を重ねて、さらに別の青を塗り、少しずつ、夕方の地上近くの白っぽい空の色を作って行く。ここまでで青系統三色、紫系統二色、白と六本のパステルを使っている。

空ができたら次は雲だ。この日は、カラッと晴れているのと、朝方降った雨雲が微妙に混ざり込んで上空に漂い、地上近くでは大きな入道雲が、入道雲の下にはまた雨雲が顔をのぞかせていた。雨が降りそうな感じがしつつ、全体としてはカラッと青空が広がっている。

まずは限りなく白に近い灰色で、上空の霧のような雲を描いていく。所々光が当たっているところに、白でハイライトをつける。暗い雲が奥にあるように見せるために、白をかすらせながらも、時々はっきりとさせると光の感触を表すことができる。いつも気にするのは影だ。光はさらっとでいい。タッチは粗くていい。影は逆に繊細なタッチにする。そのギャップが光を際立たせる。人間は常に細やかな差異を無意識に観察している。だからこそ物を立体的に感じていると知る。

雲の影も三種類あった。薄灰色、青灰色、紺灰色。黒や灰色を使いたい感じに前はなっていたが、青をうまく忍び込ませると、より雲になることがわかった。雨雲にも青が入っているのだ。雲は四本のパステルで描いた。入道雲は思い切りパステルを粉砕させるくらい強く押し付けて、まじりっ気のない白の効果で作っていく。入道雲の下の暗い大気は水色と薄灰色を重ねながら、奥に見える山の稜線は青灰色で一気に描いた後、指で消すように大気と一緒に混ざり合わせた。山の表面を指で広げ、さらに大気と混ぜる。途中で一本、薄く白を引いた。指で大気と山に染み込ませていく。最後に稜線を描き、輪郭線をぼかしたら、これで雨が降りそうな気配のする大気の中で奥に見える山があらわせる。手前の逆光になっている、川向こうの町並みを黒で塗りつぶすと、遠くがどんどん見えるようになってきた。

最後は川の水面だ。川の水面に灰色を使う、なんてことは今までできなかったが、今なら自信を持ってできる。思い切って、灰色を塗り、水色の下地の上でこすりつけていく。一見合っていないような、明るめの水色を細く削って、細い線を水面に足していくと、灰色の水面はより立体的にというか、液体的になった。反射の感じも出せるようになってきた。今日もじっくり時間をかけて1枚のパステルを完成させた。

いい絵になったと思う。師匠である角田さんにすぐに絵を送った。

「下の風景と雲の黒い部分がいい感じで響き合って画面を強くしてるね。ものすごく広く感じます。油絵っぽいタッチがうまく作用してるね」

「霞む色を見つけたのは大きいですね」

「色の秘密をどんどん発見してそうだね。シュミンケという画材も必然だったのかも」

「風景に照らした時にシュミンケのパステルは初めて生き生きとし始めるんですよね。自然色に無茶苦茶こだわって作ってるんだと思います」

「色の作り方がうまくいってるよ」

「空は青三本、紫二本、白で作ってます」

「紫は転びやすい微妙な色だから、イメージを補完してくれるんだろうね」

畑へ行く途中、ＤＣＭダイキとヒロセ、二つのホームセンターに寄って、ブロッコリー、イタリアンパセリ、秋きゅうりと、これからの季節用の野菜の苗を購入。とうもろこしを堆肥にしていた土を見ると、すでにいい感じになっていた。ここには秋きゅうりを植えることに。小松菜を植えていたところには、ブロッコリーとイタリアンパセリを。もう慣れたものである。すぐに植え付けをして、水をかけてあげた。もうヒダカさんの助けを借りなくても自分でできるようになっている。わからなくても、自分なりに感覚的にやってみて、あとでヒダカさんに見てもらえばいい。自分の感覚というものが一番大事だ。まずは知らないまま何も調べずに、自分なりに植物を見て、自分なりに自然とやってみる。

空き地と同じように、種がたまたま運ばれてきたような感覚で、僕も自分なりにやってみる。大事なことは見て判断できるから興味深い。草が一本も生えていない畝に、ブロッコリーとイタリアンパセリはありえないなあと思った。ここにはきゅうりを植えよう。ブロッコリーとイタリアンパセリは草が茫々と生えて、気持ち良い庭になっているコーナーに植えたらやっぱりぴったしカンカンだった。

「でも虫が食うぞ、ブロッコリーは」

ヒダカさんが心配して見にきてくれた。

「あ、そうなんですか？」

「うん、そうだと思うぞ、俺やったことないけど」

「でも、ここで育ててた小松菜も無茶苦茶虫に食べられたんですけど、途中で落ち着いて、ちゃんと収穫できたんですよね。草を生やしてたらいいのかなあと思って」

「ま、なんでも実験だな、やってみたらいい」

畑が実験場だと思うと、緊張することも何もなくなる、どんどん実験して、どんどん失敗すればいいと思う。でも、なかなか死なないのだ。植物はなかなか死なない。というか、死ぬという感覚が違うのかもしれない。

「ササゲ元気やな」

ヒダカさんが言った。

「トマトも少しずつ調子戻ってきてます」

ヒダカさんは黙って頷いてる。

「きゅうりどうですかね。追肥はしたんですけどね」

「多分、後1週間もすれば大丈夫だ。野菜はここから頑張るから」

僕もヒダカさんと同じように今は思えている。野菜に対する不安はない。きっと元気になると思えている。

ヒダカさんにもきゅうりの苗を買ってきた。大葉も摘んであげたら、ピーマンのお返しをもらった。ノラジョーンズがやってきた。今日はいつにも増して甘えてくる。僕が帰る時もずっと寝転んでこちらを見てた。帰らないでと言っているように見えた。今日は畑の秋に向けての野菜を植えた。新しくまた始まった。気分も良かった。僕はもう一回、車を降りてノラジョーンズをなでなでした。シャンカルも来てた。まだ三匹目の子猫は見ていない。

ノラジョーンズはとうとう満足したのか、のそのそとこちらを振り返ることなく、茂みの中に戻っていった。僕は蚊に喰われた。

僕はノラジョーンズが好きだ。ノラジョーンズも僕のことを好きならいいなと思った。

夕日を見ながら車で帰った。なんだか不思議な沈黙が車の中に漂っていた。

33

2020年7月22日、畑89日目。

朝から原稿、さくっと終わり、税理士事務所へ。僕が社長の会社、合同会社ことりえの決算報告などを受ける。

僕はどこの会社でバイトしていてもうまくいかなかった。他人の畑では働けないということか、畑のことを考えるとすぐにわかる。考え方が違う人と一緒に働いているだけで、ストレスになってしまって、すぐ鬱になる。ちょっとでも厳しい人がいると、もうダメなのである。僕は仕事でミスをしたくらいで、謝ることができないので、会社的にはとんでもない人間だろうから、結局疲れてしまう。自分で会社を立ち上げたら、本当に楽になった。みんな畑をやるように、自分で会社もやったらいいと思う。そこではなんでもできるし、自分が気持ちよく働ける場所になるはずだ。僕の畑も僕にとって安息の場所であるように、今、僕の会社も僕にとっての安らぎの場所である。僕は僕の会社が好きだ。家族経営であり、従業員は妻の他にいないんだけど。

うちの会社は、自然農スタイルである。ノルマは一切なし。好きにやる。しかも依頼も受けない。定期的な取引も最小限にする。そうしないとやりたくないことをやらなくちゃいけなくなるからである。やりたくないことをやってしまうと、必然的にうまくいかなくなる。一切やりたくないことをしないスタイルで僕は仕事を始めた。確かに1年目は仕事はなかった。でも2年目からは仕事は普通に増えていった。減りはしなかった。その時、僕はアオキさんがニラについて話していたことを思い出した。

「1年目はニラは採れないんだよ。でも2年目からは雑草みたいに生えて、わんさか採れる」

アオキさんのニラはとても美味しい。

ニラのように生きる。好きに生きる。それは無理なことじゃなくて、一番その人の良さが引き出せるはずだ、と僕は考えている。もしかしたら、畑で僕は経済のことを考えているのかもしれないと思った。経済と言っても、お金のことじゃない、本質的な経済、economics の語源である、古代ギリシア語の oikos《オイコス》, nomos《ノモス》、つまり、共同体のあり方、家計のやりくり、のことである。

とにかく好きにやる。その精神で、畑をやるととても風通しがいい。そして、その調子で生きると、もちろんそれも風通しがいいのである。

その後、アトリエへ。今日もパステルを1枚だけゆっくり描くことにした。一昨日の有明海を描いた。海の表現、海と空の間の靄をうまく描くことができた。海と雲はかなり描けるようになってきている。しかも、この技術は高めても高めても終わることがない。雲自体が変化し続けるからである。これは何かのヒントのような気がする。まだよくわからないけど、雲が変化し続けるから、僕の技術も永遠に進歩していく。技術に終わりはない。僕はパステル画を描くまで技術に関して、ほとんど無視していたような気がする。結局は僕の文も絵も歌も技術によるものだが、技術ということをちゃんと考えたことはなかったような気がする。このことについても本を書いてみたい。

『畑で経済を考える』
『技術とは何か』

また書きたい本が2冊できた。ささっとタイトルをつけておく。いつか機が熟したとき、書き始めよう。僕は版元も何も決めない。まずは書く。まずは書きたいように書く。名前も知らない草たちを見ると、それでいいと思う。僕には野菜というよりも草であり、僕は畑で野菜を育てているように見えて、最近は草を育てているような気もする。畑というよりも庭なのではないかと考えるようになってきた。

アトリエを出て、畑へ。ノラジョーンズは出てこないので、そのまま畑へ。

ヒダカさんの庭のブルーベリーをいただく。甘酸っぱくて美味しかった。

畝の草は元気だ。最近の畑の調子はいつもこの草たちを見て判断するようになった。草のおかげで畝はいつも湿っている。この炎天下でも。

秋きゅうりの赤ちゃんも元気だ。ブロッコリーもイタリアンパセリも。花を買ってもすぐ枯らしていた人間とは思えない。今は自信が少しついてきたような気がする。僕は生き物を粗末には扱っていないと今は思える。野良猫も植物も、土自体にも感謝の気持ちがある。そのことがほっとさせる。そうじゃなかったときの自分を省みる気持ちの余裕がある。前はそうじゃなかった。草はただの草だった。今は雑草と思えないのである。草は大事な僕の庭の仲間だ。

今日も大収穫だった。きゅうりは栄養失調だったけど、それでも実ってくれた。その姿は変形しているが、ありがたいと思った。きっと味だっておいしいはずだ。野菜たちのことを諦めない、それは人間の勝手だ、いつも僕は自分の感覚だけで判断していた。今は違う。僕は判断しない。わからないことはそのまま放っておく。野菜たちに勝手に「君たちの人生は終わった」なんて言葉はかけない。ヒダカさんみたいに「きっと大丈夫や」と声をかける。畑だけでなく、あらゆる局面でそうしてみたらいい。自分の子供に対しても、それこそ僕の人生に対しても、きっと大丈夫や、と落ち着いて諦めないでいたい。

トマトも元気になった。大葉はいつものように20枚も。ピーマンは追肥のおかげで早速緑が濃くなってきた。

畑のモヒートが飲みたいから、ミントをたくさん採った。

帰って飲んだ。ありがたいことだ。僕は畑と出会って、今まで諦めていたことを、見ようとしなかったことを、勝手に判断していたことを、見直そうとしている。僕の体だってそうだ。今日は夜、タイ古式ヨガを習いにいった。習い事なんか大人になって初めてのことだ。勉強が楽しくなってきた小学生みたいな気分だ。今は土を通過して、自分の精神ではなく、自分の体に、体そのものに関心が出てきている。きっと土と肉体は同じだからだ。それを畑にいると感じる。僕は土で、土は僕で、風景が心だ。心は風景で、記憶は種で、種は突然芽を出す。気づいていないうちに。僕はそうやって生きたいと思う。目の前の土が先人だ。先輩だ。いろんなことを教えてくれる。だから僕は毎日、少しずつ知らなかったことを知り、成長することができる。

34

２０２０年７月23日、畑90日目。

朝から原稿。今日、パステルは休んだ。休めるようになってきている。今までは休むと日課が進んでいないと思っていたが、今は休むと、体力が蓄えられるから、もっと絵が描けるようになると思えている。本当に初歩的なことだろうが、僕は休むことを知らなかったのだから、少しずつ成長していけばいい。その焦りがなくなっていることは確かだ。作らなくちゃいけない、という精神が今はほとんどない。今のまま少しずつ、できるだけ毎日作り続けていけば、死ぬ前に何か摑めるはずだ、くらいに考えている。自信がついたということもあるんだろう。たとえ自信がついても、その自信はいつかなくなるんじゃないかと今までは思っていたけど、今は違う気がする。これは減らない自信、つまりそれは技術ってことなんだと思う。経験を経て培った技術という自信は、継続する限りは、ずっと溜まっていく。その感触が少しずつ摑めている。

雨はまだポツポツ降っている。また明日から大雨になるらしいので、少し心配ではある。畑には誰もいなかった。雨だからだろう。僕の車が到着すると、ノラジョーンズだけは待ってくれていた。かわいい相棒である。

ノラジョーンズに餌をあげて、畑へ。僕の畑は元気を取り戻してきたみたいだ。オカラの肥料だけじゃ足りないかもしれないけど、これもまた実験、足りないならあとで付け足せばいい。来月土壌調査をしてもらうことになっているとヒダカさんが言っていた。この肥料でどれくらいの効果があるかを知ることができるそうで楽しみだ。

スイカを収穫した。スイカも本当にたくさんとれた。スイカはまだ人にあげるほどできなかったけど、来年は人にもあげようと思う。今年は自分が育てたスイカは自分で食べて味を確認したかった。大葉もとれた。枝豆はまだもう少し、ゆっくり待とう。ピーマンもたくさん収穫できた。

ノラの子供たちに餌をセットして帰ろうと思ったけど、誰もやってこないので、車の中でしばらく待つことにした。

すると、まずはシャンカルがやってきた。シャンカルは初めは一番ビビリだったが、今ではいつも母さんより早くやってくる。

その後、ノラジョーンズがやってきた。ノラジョーンズはいつものように奥で餌を食べる子供たちのために、一番前線でゆっくり寝転んでいる。シャンカルが餌を食べた後、ノラジョーンズの横にやってきた。ここまで前線にやってきたのは初めて見た。ノラジョーンズもシャンカルも車の中の僕には気付いている。多分、僕が外に出ると、シャンカルが逃げるので、車の中から様子を見ることにした。

ラヴィもやってきた。そして、もう一匹の黒い子猫もやってきた。キジの縞が入っている。おそらく僕はラヴィとこのもう一匹の猫を混同していたのかもしれない。ラヴィもシャンカルの近くにやってきた。もう一匹はまだ顔を見せてはくれない。顔を見ないことには、僕も名前をつけられない。

ノラジョーンズが、僕に子猫たちを紹介してくれているんじゃないかと思った。

甘えて子猫みたいだったノラジョーンズは今では立派な母さんだ。ライオンのお母さんのようにも見えた。子供たちは安心して餌を食べている。この営みに、陰ながら支える側に参加できて幸せだなと思った。ノラジョーンズが僕を信頼してくれていることを感じ、僕は一人で感極まった。紹介してくれたことが嬉しいし、ノラジョーンズの頭の片隅に、このような時間を作ろうとしてくれる意思があるという事実が不思議だし、僕はとても安心した。こんなやりとりがある限り、続く限り、僕も健康でいるんだろう。そんな兆しが見えた会合だった。僕はノラジョーンズに感謝した。今日は初めて、僕が車で姿を消すまでこちらをじっと見ていた。いつものノラジョーンズとは違う顔をしていた。僕の何かがじわっと温かくなった。

35

２０２０年7月24日、畑91日目。

朝から原稿。書いていたら、また新しい本のアイデアが思いついた。書くということも植物で、土で、その1冊の本に真剣に向かえば向かうほど、他のアイデアがどんどん湧いてくる。アイデアを求めていても湧いてこない。そうじゃなくて、成長すること、1冊の本を進めていくというその単線の成長こそが、全く別のアイデアを生み出す。これは土に近いと今ならわかる。

今度は、会社のつくりかたの本を書きたい。なぜなら、みんな外で働きすぎだからである。人の会社で働きすぎだから。自分で会社を興したことはない人がほとんどで、会社を興している人もお金を稼ぐことを考えすぎる。でも会社はお金を稼ぐ場所ではない。僕の中では。会社とは自分が作るべきもので、それは野菜と同じだ。それは自分の栄養になるのである。自分の栄養になるものを人任せにしない。じゃあ、どんな会社を作ればいいのか。そんなことを考えるための本を書きたい。この『土になる』もそろそろ終わる。明日で最終回ということにしよう。もう僕は次の本を書きたい。でも、畑の記録も残し続けたい。じゃあどうするか。『土になる』をもっと短い日々の記録みたいに一時的に変更して、執筆の時間は次の本を書くことに注ごう。とにかく僕は今、次の本を書きたい。

昼ごはんを食べた後、アトリエへ。パステルを描いた。今日は、人工的なものを絵に取り入れてみた。

車、車道、標識など。電柱も好きだが、これらの人工物も僕は大好きだ。ただの自然ではなく、これらも含めて、僕たちの今の自然である。少しずつ僕の絵も変化しようとしている。蔓みたいに枝分かれしてどこかへ向かおうとしている。

畑は僕に何かを、それが何かはわからないままに、それなのに、大量に、全てを毎日振りまいてくる。僕の思考は一変したというくらいこの3ヶ月で変化したと思う。畑を始めて、今日で91日目。僕は土と出会った、風景と出会った、光と影と出会った、パステルと出会った、季節の移り変わりと出会った、天気と出会った、雲と出会った、空と出会った、虫と出会った、新しい味覚と出会った、そしてノラジョーンズたちと出会った。喜びが幾つにも枝分かれした。そして、それぞれがまた新しい芽を吹き出している。

何よりも僕が今、元気だ。

穏やかで充実している。健康そのものである。僕なりの健康だが。それが僕の作品として常に生まれ変わっていく。

全体がそのまま僕の中に、部分がくまなく体の隅まで感じ入り、僕は音楽のように言葉を、言葉がそのまま見えるように動いている。土の中で起きていることが、現実にここで起きていることと知り、僕の心の中の動きは、街の中のように感じられるようになった。それが嬉しい。そのような感覚の伸びが嬉しい。伸びている、何かが。それが目に見える芽であると知ると、人間が成長するってことにもっと焦点が合うようになるんじゃないか。人は成長している、伸びている。その芽はどれも小さい。時々は摘む必要のある芽も出てくる。でも、それは別の芽を伸ばすため、と目に見えて理解できている時だ。この微妙な感覚は、言葉で表すことができなかった。でも今、僕は畑で、目の前で起きている事象を見ながら、植物と土と光と水の関係を見ながら、その言葉にならないこと、それが先に見えている。今、僕の状態は今まで考えていたこととひっくり返っている。内側にあるものが全て外側にめくれて、でも一つも言葉になっていない、言葉にならないことは心のうちにあるのではなく、目の前の、外の景色の中に、風景から漏れてきている、そのままそこにある。僕は言葉にするよりも先にすべて感じている。その前に僕は触っている。そこに存在しているからだ。その不思議をまだ僕は言葉にしようとしている。

絵を描いた。畑に向かった。ノラジョーンズと出会った。ノラジョーンズに餌をあげた。餌をあげながら、体調を知りたくて触った。触るとノラジョーンズはとても安心した顔で、眠りこけたように、安息の場所で寝転がっている。木漏れ日が当たっていた。さっきまで雨が降っていたのに、毛並みには細やかな光が当たっている。後ろを振り返った僕の前には雲でできた橋が、七色に光って虹のようだった。

スイカは全て収穫した。おいしいスイカを食べさせてくれてありがとうございました。カボチャはまだ実ができてる、青くなってる。トマトもまだどうにか元気を振り絞ってくれている。種が何処かから紛れ込んだトマトがまた芽を出して、新しい実をつけていた。ウッと僕は感極まった。ノラジョーンズに触れていた時から、じっと体の中にあるものが外に出た。枝豆を摘み、ピーマンを摘んだ。ツルの上のきゅうりがまた小さい実をつけている。ありがとうございます。大葉はいつも変わらず僕の支柱になっている。大葉20枚ありがとうございます。

僕はここにいて、ここにあるもののことを知っていて、僕が知らなかったのは、見ていなかったからで、目の前の世界はいつだって、こちらに向かって開いている。伸びている。成長している。現実は成長している。僕も成長している。別のアイデアの世界が僕の世界へと伸びてきた。僕は自分が伸びていることに気づいた。僕は自分がどこに伸びていくかも知っている。どこまでもいくことを知っている。僕はいきたいところに伸びていく。僕は知らないことを知った。

いつか振り返ったら、巨大な僕が、もっと巨大な土の中で生きていることに気づくだろう。一つの気づきは、それ以上の実がなること、その実が甘いことを教えてくれる。

ありがとうございました。

僕は今、感謝を感じているが、その感謝の対象が何かは摑みきれない。目に見えるもの、触れるもの、大気、感覚、僕はあらゆることを見ている。見逃していることも知っている。薄紫色の空が見える。雨が上がった。ノラジョーンズは、子供たちを呼びに行った。僕は皿に餌を入れた。そして、じっと待っている。雨粒がノラジョーンズたちの家の屋根から落ちて、葉っぱに当たった。音がした。カラスが鳴いた。木が揺らいだ。シャンカルが飛んできた。僕と目が合った。一度逃げた。でもすぐに戻ってきた。そして餌を食べた。二匹も後から登場して、僕は離れた。蚊に喰われた。ノラジョーンズが最後にゆっくりと現れ、僕を見ずに、彼らを見て、一番前に来て、横になった。尻尾が揺れた。そして、僕を見た。僕は目で合図をした。ノラジョーンズは目を瞑った。落ち着いた、気持ちの良い夕方だった。これが現実だった。

36

２０２０年7月25日、畑92日目。

朝から原稿。今日はゆっくり絵を描きたくなったので早めにアトリエに向かった。今日は2枚の絵を描いた。数日前に見た、金峰山の夕日と雲。そして昨日の雨上がりの畑。最近は1枚だけに集中するという日課だったが、今日はもっと描きたかったのだ。こんな日を入れてもいいなと思った。こうやって、少しずつ日課の中でも変化を入れていくと、心地がいい。今日でなんと鬱明け３１９日目である。明日で３２０日。もう残り１ヶ月とちょっとで丸１年が経つ。こんなことは一度もなかった。

僕はずっと躁鬱病に苦しんできた。鬱が明けた時は調子が良く、もう二度と鬱にはならないはずだ、なんてことを思うのだが、いつも3ヶ月が過ぎると、少しずつ調子を崩しはじめ、疲れているのに休むことを知らず、気づくと鬱になっていた。そして、また躁状態になっていく。この悪循環を繰り返してきた。２００９年に診断されてから、10年以上もそんな生活だった。それでもなんとか作品を残してきたわけだが、最近になって慣れてきたかというと、そんなことはなく、鬱はどんどん深くなっていて、僕自身治るわけがないと思い込んでいた。

それが畑をはじめてから何かが少しずつ変化してきた。一体、今まで何をしてきたのだろうかと分からなくなるくらいに、今、僕にとって畑は生活の全てであるような気がする。文や絵を休むときも、畑は決して休まない。ここに行かないと、不安になるというわけでもない。頼りきっているという感じでもないんだと思う。僕は何かに頼っていない気がする。今は一人で立っている感覚がある。もちろん、周りにたくさん支えてくれる人はいる。そのおかげであることはわかっているのだが、今までと違う。今の僕は、自分で立っている、自分で自分を癒せている、疲れに配慮できている、自分で疲れた時に、ちゃんと休ませることができている、その時に焦らなくなっている、焦りというものが僕の体の中にいつもあったけど、それがなくなっている、焦りよりも、もっとやってみたい、という楽しみになっている、その楽しみにも無理がない、疲れたら休めるし、もっとやりたいと思っても、疲れないようにほどほどで止めることができている、止めていることが欲求不満になっておらず、休むことが生活の余裕になっている。

つまり、自分で自分を救えている。

僕は3ヶ月間、1日も休まずに畑にやってきた。土に触れてきた。植物のことをじっと見てきた、触ってきた、気にしてきた、頭の中に言葉も知らない生き物たちがどんどん入り込んできた。その結果、僕の中に言葉が溢れてきた。話す言葉ではない。口数は減っている。話したいことがあるわけでもない。それなのに、何かが満ちていて、形にもなっていないのに、そこらじゅうに生き生きとした気配が動き回っている。そのことに気づいているから、いつでもそこにあるから、安心感がある。僕は焦って言葉を見つけなくてもいい。そこに自生している言葉に気づき始めた。僕は畑で土と植物と、そしてノラジョーンズ一家と言葉を交わしている。

その言葉を僕は目で見たことはないし、耳で聞いたこともない。表現することができない。表現しようとも思わない。それなのに、その言葉たちは僕を支えている、僕の思考を生み出している。いい土とは何か、と具体的に言葉にすることはできない。いくつもの偶然と必然が合体し、腐食し、発酵し、変貌していく。常に変わっていて、僕も変わっている。言葉はその都度生まれ、そして死んでいく。死んだからといって、いなくならない。そのまま次の言葉の栄養となり、それが生まれる機会となり、時間となる。時間が生まれていて、僕はその中で生きている。僕は自分で自分の膜のようなもの、卵のようなもの、皮膚のようなものを作っていて、それを言葉だと感じている。言葉は一つの時間と空間だ。その中で僕は生きている。僕はどこまでも伸びて、言葉からも飛び出て、まだ到達していない時間と空間の気配だって感じている。だからまた伸びる。ツルのことを思い浮かべる。僕はずっとツルだった。過去は今もまだ生きていて、流れている。過去と今は確かに違う。僕の中で、外で、ツルのような時間がそれぞれに根を張り、地表を、どこまでもカボチャみたいにスイカみたいにサツマイモみたいに、露草みたいにどこまでもどこまでも太陽を背中に浴びて伸びていく。

そこはどこでもない場所だ。知らない場所だ。それなのに土はつながっている。どこまでも皮膚で、どこまでも自分だ。

僕は分からないままに言葉を書いている。僕は言葉となって、ツルのように地表を這ってそのまま伸びていく。

畑をやっていく過程で、言葉もまた新しく見直し、自分の方法を見つけたのではないかと感じている。パステルのように。今日のパステルもうまくいった。感覚そのものを現してみたい。まだ実現できていないが、僕はその萌芽を感じている。いつも感じるのはその芽だ。時間の芽。知らなかった自分の中にある、形のない時間と空間。それは確かに存在している。僕はそこにいて、そこにいるのは僕だけじゃない。生き物たちで満ちていて、僕の体はなくなっている。僕はただツルのように伸びていく。僕の言葉はいつも誰か別の人、生き物のためにあって、今も僕から離れてツルのように伸びていく。

この僕の言葉がどうなっていくのか、想像もつかない。それなのに実りを感じる。このまま伸びよ、上下左右を飛び越えて、次の地点を見つけて進もう、僕は言葉をそのように生きるもの、自然と育つものとして、今、受け取れている。

僕は今、言葉を経験している。畑のように、土と言葉の間を通り抜けて、僕は別の生き物たちと接続している。ここは誰でも入ってこられる場所だ。獣道にもなっていない道なき道でつながっている、誰も知らない場所だ。虫たちがその上を何食わぬ顔で飛んでいった。時間が止まっている。流れている。思い出している。新しく生まれている。そして、死んでいる。

同時にいくつものことが起きている。

それこそが時間であり、場所であり、人間であり、土であり、言葉だと思う。それらが起きている場所と時間全てが生命なのではないか。僕が生命なのではない。僕にノラジョーンズが欠けたら生命ではない。でもノラジョーンズにいつか寿命が来たとしても、それは生命が欠けたことにはならない。僕はノラジョーンズといつか離れることになるかもしれないと不安を感じているのだろうか。そんなことはないはずだ。今なら、ノラジョーンズに起きるどんなことでも受け入れられると思っている。今はとにかく元気な彼らの顔を見ているだけで、幸運であると思える。そして、そんな幸運を感じる時、季節の移ろいと空と雲が、ぬるい風が、いつも僕から言葉を引っ張り出してくる。

僕は喜びをそのまま言葉にしたいと思っている。僕は今、この時間と空間の上にいる、つまり、どこまでも伸びていく土の上にいる。あらゆるすべてのものをそのまま絵巻物みたいにして残しておきたいという思いに駆られている。それが花が咲く、実がなる、子猫を産む、声をかけるということなのではないか。

車に乗りながら、そんなことを考えていた。畑に着くと、ノラジョーンズはいない。ヒダカさんがいた。シミズさんがいた。

「ゴボウありがとうございました。きんぴらにしました。無茶苦茶美味しかったです」

「おう、そうですか」

シミズさんはいつものように落ち着いた声で言った。そして、静かに帰っていった。

ヒダカさんと僕が残っている。

「そろそろ夏の畑は終わりや」

ヒダカさんが言った。

「そうですね。スイカも昨日、終わりました」

「よく採れたなあ」

「最後の二玉は本当に甘くて美味しかったです」

「初心者なのに、よくやったよ」

「先生がいいんですよ」

「毎日来とったしね。あんたが一番、この畑に来とった」

「ありがとうございます」

「次は秋冬の野菜がはじまるよ」

「どうするんですか？」

「まずは土を休ませる。栄養をたっぷりにしてあげんとな。麦わらも切り刻んで土に埋める。そして、1ヶ月くらいしっかり休ませる。これをせんと、土が苦しくなっていく。そして、8月中旬から秋冬野菜の植え付けやね」

「スイカ、メロン、カボチャ、そして、トマトが終わるってことですね」

「そうだね」

「今日やったほうがいいですか？」

「いやいや、今日の夜もまた雨が降るよ。おそらく、水曜日かな？」

「また耕すんですね」

「そう」

僕は最後のカボチャ三つを摘んだ。これでカボチャも終わりである。たくさんとれたし、たくさん食べた。本当にありがとうございます。

「しっかり休ませること。それが7月8月の畑でやること」

「はい、わかりました！」

本当にいい先生をもつことができて僕は幸福だと思う。

「ヒダカさん」

「ん？」

「あの、この前言ってた、畑の絵なんですけど、パステル100枚目に描いてみたんですよ」

僕はiPhoneを取り出して、絵を見せた。

「うん、畑だ。いい絵」

ヒダカさんは僕のパステルの絵を見ると、笑顔になってくれる。

「これ、ヒダカさんにあげます」

「お前食っていかないかんやろ、ちゃんと買うよ」

「いやいや、あげます。もらってください」

「いい絵や、他に欲しい人がおるんと違うか」

「いや、もう僕が売らないって言ったんで大丈夫です」

「ありがとう。でも、買うよ」

「いや、いいです。あげます。カボチャみたいにあげます」

「そうかそうか。ありがとう」

ヒダカさんはそう言うと、車に戻って行った。

ノラジョーンズがやってきて、僕を呼んだ。

「仲良いな」

いつもはサッと帰るヒダカさんが、子猫たちを見ようとしていたので、餌を皿に載せた。シャンカルがすぐにやってきて食べ始めた。

「かわいいな」

ヒダカさんは少しだけにっこりして、そして、車に乗った。

「じゃ、次は雨が上がったら、土作り、土やすめ、教えてください」

「わかった」

ヒダカさんはドアを閉め、車内からいつものように右手を上げて、帰っていった。

ノラジョーンズが早く餌をくれと鳴いた。餌をあげた後、僕はゆっくり車の中で待つことにした。車の中だと、シャンカルもラヴィも怯えないことがわかったからだ。一度いなくなったが、餌を食べた後、僕と一度目が合って、ノラジョーンズが路地の中に入っていった。ノラジョーンズはみんなを呼びにいった。しばらくすると、シャンカルが戻ってきて、そしてラヴィ、最後に三匹目がノラジョーンズと一緒にやってきた。ノラジョーンズは僕に三匹目を紹介してくれた。

僕は喜びを感じた。

やっぱりそうだ。喜びを感じた時、言葉が通じる。

繊細そうだが好奇心も旺盛で美人のシャンカル。

お調子者っぽく見えて、実はビビリのラヴィ。

そして、三匹目は一番落ち着いているように見えた。

「シタール」

僕は目が合った瞬間にそう呼んでいた。僕がインドで買った楽器の名前だ。ノラジョーンズの父親であるラヴィ・シャンカルはシタールの名手だ。

車の向こうでガラス一枚挟んで、手が届くところに、ノラジョーンズと三匹の猫たちが座っている。そして、こっちを見ている。

僕は声を出して挨拶をした。

もしかして、と思って、僕はノラジョーンズにしてあげるように、餌をあげようとした。すると、子猫は全員逃げた。ノラジョーンズは逃げずに餌をくれ、おかわりと言うので、僕はノラジョーンズだけにあげた。離れたところで、子猫三匹が戯れて遊んでいる。最後の残りを、ブロック塀の上に出して、また車に戻った。すると、すぐに三匹たちが戻ってきて、食べはじめた。

ノラジョーンズは僕を信頼してくれている。それが子猫たちにも伝わった瞬間だった。

僕はぐっと胸が痛いというのか、熱くなって、車の中で彼らと向き合っていた。一回帰ろうと、車をバックさせたけど、ノラジョーンズがじっとこちらを見ていた。そんなことは初めてだった。だから車ごとまた同じ場所に戻ってきて、ずっと僕も彼らを車の中から見ていた。

彼ら全員が病気にも事故にも遭うことなく、幸せに暮らせますようにと祈った。

ノラジョーンズは向こうを向いて、時々、僕を確認している。子猫たちは物珍しいのかこちらを見ている。目が合っても逃げなかった。

僕は今、とても健康だ。そして、これまでとは違う幸福を感じてもいる。最近の僕の行動から生まれたいくつもの知らなかった喜びが、それをもたらしてくれた。畑に感謝し、土に感謝している。でも、もしかしたら、と思った。僕が今、このように健康で喜びを感じられているのは、ノラジョーンズのおかげなのではないか。野良猫に餌をあげている、食っていくのが大変な猫を世話してみよう、そんなふうにしてはじまった、動物が苦手な僕とノラジョーンズの出会いは、いつのまにか、いつも僕がノラジョーンズから元気をもらう、喜びを教えてもらう、他の生き物と言葉をかわすことを教えてくれ、雨だろうと畑にいく楽しみを与えてくれ、人間ではなく、他の生き物が実際にこの土の上で生きていること、そして、彼らとの対話、それは言葉ではなく、言葉を超えた、それでもそれは言葉である、その僕とノラジョーンズの間だけに発生する言葉の存在を示してくれた。僕はそのたびに助けていたのではなく、助けられていて、僕に平穏と充実を教えてくれたのがノラジョーンズだったんだと、今、わかった。わかってはいたけど、それが僕の中で言葉になった。ツルがここまで伸びてきた。何も知らない子猫たちの視線が太陽みたいに分け隔てなくこちらにも栄養として届いてくる。無償のもの、無償の喜びが、僕の中で湧き、彼らから与えられている。ノラジョーンズは鳴きもせず、黙って、遠くを見ている。安心しているのがわかる。

安心したノラジョーンズの顔が、いつも僕に幸せを感じさせてくれた。

ノラジョーンズ、本当にありがとう。

これからもよろしく。

僕の中で何かが変わったんじゃなかった。僕は一生忘れることがない相棒と今、出会っているんだ。

「今日なのに、永遠みたいだね」

角田さんが僕のパステル画を見て言った言葉がふっと戻ってきた。

本当にそうだ。今日なのに永遠みたいだ。僕がパステル画を生み出せるのは、今、畑で起きていることが、まさにその永遠だからである。だからといって、温室で守っても仕方がない。どこまでもツルよ伸びろと僕は思った。

〈おわり〉

あとがき

　この本を書いたあと、ちょうど1年が経過した。今、昨年と同じようにまた夏野菜の収穫が始まっている。野菜はどれも元気に育ってくれている。梅雨が長かった昨年は、雨のせいで水気が多くなりトマトがかなり苦しそうになっていたので、今年は畝を高くした。そうやって一つ手を余計に動かすと、一つ機転をきかせると、野菜はしっかりと応えてくれる。トマトは昨年とは比べものにならないくらい元気だ。トマトからの反応がダイレクトに僕の目に胃に飛び込んでくる。これを言葉と言わずして、何が言葉だと思えるくらいだ。

　昨年、ハクビシンにしっかり食べられたとうもろこしは、実ができた時に今度はお得意の竹と麻紐で防御網を作ってみた。カラスにたくさん食べられた苺にも同じように網を作った。そうやって、手を動かすと、絶対に食べられることはない。今年は苺もとうもろこしもしっかり収穫できた。動物は遠くから、それこそ僕の姿が見えなくても、しっかり観察している。僕が動かした脳みその運動が、しっかりとカラスやハクビシンに伝わっている。申し訳なくなるくらいだ。同じようにこの畑で同じ釜の飯を食べている仲間だ。防御網も完全にするのではなく、隙間を作るようになった。

　キャベツには青虫がたくさんついている。青虫には好きに食べてもらっている。青虫が食べている葉っぱを食べてみたら、美味しくなかったからだ。僕たちには不要な二酸化炭素を取り込んで酸素を作るのが植物だ。青虫が食べたキャベツの葉っぱは僕には必要のない葉っぱなのかもしれない。実際、青虫が全てを食べることはない。必ず残す。そう考えると、昨年のハクビシンだって、とうもろこしを食べたのは先端だけで、あとは残していた。そこを食べればよかったのである。そうやって、考えるともっと自由になった。どんどん食べてください。残ったものを全部食べますから。また一つ畑での生き方の幅が広がった。

そうなると、嬉しくなる。方法はいつも自分で見つけなくてはいけないが、ずっとわからないということがひとつもない。いつも最後は自分でやり方を知覚する。もちろんそれは農業のセオリーからは外れているのかもしれない。いや、そんなこともうどうだっていいのである。言葉には方言があるし、隠語があるし、それぞれの家族、それぞれの恋人で話している言葉は違うし、使い方も違う。当たり前のことだ。そうやって少しずつ今日も僕は畑での言葉、虫や動物や野菜たちとの言葉を覚えていく。一度覚えた言葉はなくならない。音楽をずっと忘れないように。声になっていないのに、生き物たちとの対話は音楽のように頭の中で芽となり蔓となり、成長していく。頭の中の畑も豊かだ。そう感じる時、外と内がひと繋がりの時空間になる。それが嬉しい。それが幸福を感じる瞬間の状態なのかもしれない。幸福を感じるんだから、きっとこの先にも道があると思える。彼らとずっと話していきたいと思う。それが僕の独りよがりかもしれないと思うとき、茂みの中を覗くと、やっぱりトマトがしっかり赤くなっている。それを誰かに伝えたいと思う。でもそこにいるのは僕と畑だけだ。トマトを食べたらいい。僕は嬉しさを仲間に言葉にしてジェスチャーを交えて伝えるように、トマトを頬張る。とても甘い。隣からも「甘い！」と声が聞こえた。ヒダカさんだ。

「むちゃくちゃ甘いな」

ヒダカさんは僕の畑のトマトを食べながら近寄ってきた。

「どれもしっかり実っとる。よく育てたなあ」

相変わらず今も毎日畑に行き、毎日ヒダカさんに会っている。

畑、そしてヒダカさんに僕は助けてもらった。本当にありがとうございます。

「ごはんあげといたよ」

今ではヒダカさんも毎日ノラジョーンズたちに餌をあげている。ノラジョーンズはラヴィ、シャンカル、シタールを産んだあと、また三匹の子猫を産んだ。名前は娘のアオがつけた。黒猫のシャネル、キジトラのフラン、ハチワレの紺ちゃん。町内会で猫が増えすぎていると一度問題になり、首輪をつけ、みんな避妊、去勢をした。ラヴィがある日、いなくなってしまった。あとのみんなは元気だ。ラヴィもきっといつか帰ってきてくれるはずだ。ヒダカさんは寒い時に隠れられるように小屋を作ってもいいよと言ってくれたので、僕が作った。

「これで野良猫じゃないな、畑猫だ」

子猫たちも今では畑で寝転がっている。一人でずっと過ごしてたノラジョーンズも今では大家族の母親だ。

でも僕と二人きりで餌を食べたり、戯れてる時はいつも子猫みたいな顔をする。

僕はノラジョーンズに救ってもらったんだと思う。

この本をノラジョーンズに捧げたい。言葉が通じないあなたに僕は言葉で感謝を伝えたい。ありがとうございます。これからもずっとよろしくお願いします。

土《つち》になる

2021年9月10日　第1刷発行

著　者　坂《さか》口《ぐち》恭《きょう》平《へい》

発行者　大川繁樹

発行所　株式会社　文藝春秋

〒102-8008
東京都千代田区紀尾井町3-23
電話　03-3265-1211㈹

印刷所　萩原印刷株式会社

製本所　萩原印刷株式会社

ISBN978-4-16-391428-2
Printed in Japan

坂口恭平　Kyohei Sakaguchi

1978年、熊本県生まれ。2001年、早稲田大学理工学部卒業。作家、建築家、絵描き、音楽家、「いのっちの電話」相談員など多彩な顔を持ち、いずれの活動も国内外で高く評価される。『TOKYO 0円ハウス 0円生活』（河出文庫）、『独立国家のつくりかた』（講談社現代新書）、『幻年時代』（幻冬舎文庫／熊日出版文化賞受賞）、『坂口恭平 躁鬱日記』（医学書院）、『自分の薬をつくる』（晶文社）、『Pastel』（左右社）、『苦しい時は電話して』（講談社現代新書）、『お金の学校』（晶文社）、『躁鬱大学』（新潮社）ほか著作多数。

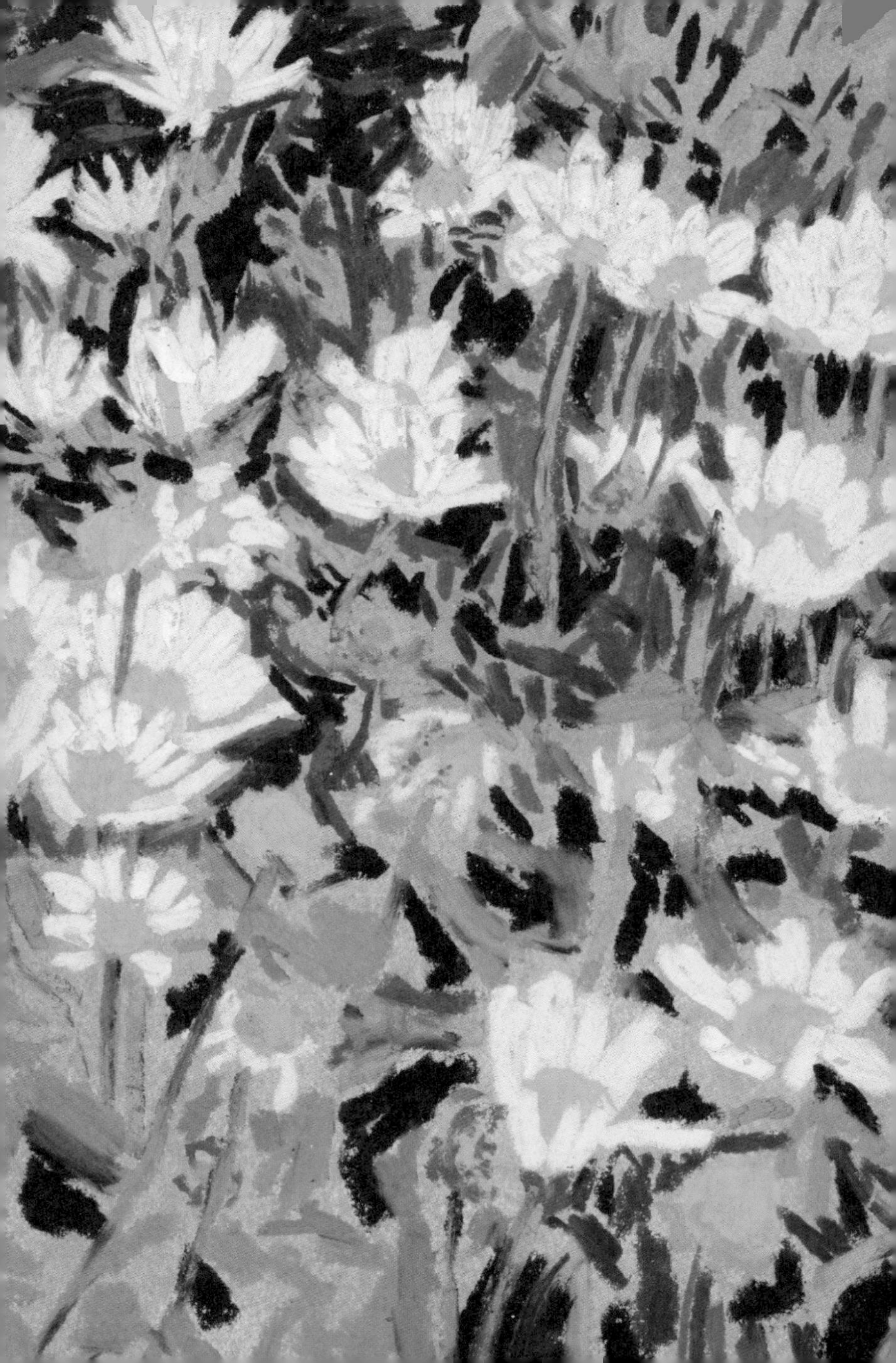